후한 말 삼국지 배경 시기의 13개 주 지도

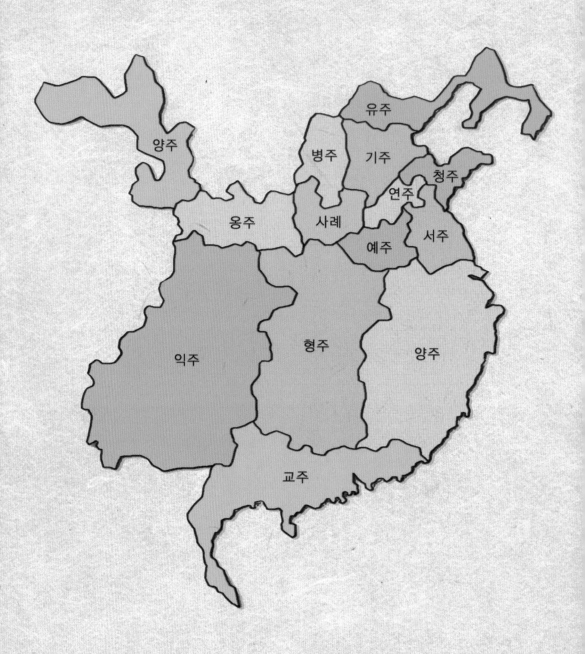

공손도

공손찬

마등

한수

장연

원소

공융

장양

여포

유비

이각

조조

엄백호

장로

장수

원술

유요

유장

유표

손책

왕랑

 후한 말 군웅할거시대의 세력도(2세기 말)

동탁의 죽음 이후 각지에 난립하던 군웅의 세력도다. 손책은 아버지 손견이 죽은 뒤에 원술 밑으로 들어갔다가 독립하여 자신의 세력을 얻고, 파죽지세로 주변의 성을 정복해 나간다.

동탁이 죽은 뒤에 조조는 청주의 황건적 토벌을 위해 출진하여 보다 많은 병력을 얻게 되고, 조조는 아버지를 맞아들이려 한다. 그러나 도중에 아버지가 도겸의 부하인 장개에게 살해당하고 이에

화가 난 조조는 서주의 도겸을 토벌하기 위해 군사를 일으킨다. 그때 조조는 백성까지 모두 살해하며, 도겸은 유비에게 서주를 양도하게 된다.

그 틈을 타 여포가 조조의 세력권 안에서 반란을 일으키나 진압당하고 유비에게 가서 소패를 얻는다. 또한 황제는 이각, 곽사에게서 달아나 조조가 황제를 받들게 된다.

일러두기

1. 이 책은 나관중이 쓴 《삼국지연의》와 요시카와 에이지가 평역한 《삼국지》를 동화 작가 홍종의 선생님이 새롭게 엮은 것입니다.
2. 이 책에 나오는 삽화와 지도는 내용에 맞게 새롭게 제작한 것입니다.
3. 전한은 기원전 202년에 유방이 세운 나라입니다. 기원후 8년 왕망이 스스로 신新의 황제로 칭하기 전까지의 기간에 해당합니다. 기원후 25년에 유수가 한漢 왕조를 부흥시키며 후한으로 이어지는데, 이 책의 배경이 후한 말입니다.

처음 읽는 삼국지

④ 적벽대전
: 천하를 삼분시킨 동남풍

나관중 원작 | 홍종의 엮음 | 김상진 그림

넓은 세상을
가슴으로 품자

《삼국지연의》는 《수호지》《서유기》《금병매》와 더불어 중국의 4대 기서로 불린다. 기서란 기이한 책이지만 그만큼 내용이 좋다는 뜻도 담겨 있다. 그러므로 《삼국지연의》 즉, 《삼국지》는 오늘날까지 읽히고 또 앞으로도 읽힐 책이다. 내가 《삼국지》를 처음 읽은 것은 중학교 때였을 거다. 그때는 어른이 읽는 책 그대로 꼬박 몇 달에 걸쳐 읽었다. 생각해 보니 어린이나 청소년이 읽을 수 있도록 쉽게 풀어 쓴 《삼국지》가 없었던 것 같다.

나는 책을 읽으면서 낯선 지명, 이름, 어려운 낱말 때문에 하루에 몇 페이지를 넘길 수 없었다.

비록 어렵고 힘든 책이었지만 읽을수록 재미와 흥미가 더해 책을 놓을 수 없었다. 《삼국지》에는 재미와 흥미보다 더 많은 지혜가 담겨 있다는 사실을 안 것은 어른이 되고 나서였다.

1800년 전 과거, 중국은 '후한 시대'로 불렸다. 후한은 한나라의 후손인 광무제가 나라를 되찾은 때부터 한나라가 망할 때까지를 일컫는다.

후한 말기 무렵이 되면서 황제가 자주 바뀌고 정치와 경제가 어지러워진다. 11대 황제인 환제가 세상을 떠난 뒤 12대 황제인 영제가 황제의 자리에 올랐다. 하지만 영제는 열두 살밖에 되지 않은 어린아이였다. 그러다 보니 신하들이 어린 황제를 속이며 부패를 일삼았다. 그 틈을 타 황건적이라는 도적 떼가 활개를 치며 백성을 괴롭혔다.

《삼국지》의 시대적 배경은 여기서부터 시작된다. 어지러운 세상을 바로잡으려고 굳게 뭉친 유비, 관우, 장비 세 영웅이 주인공으로 등장한다. 결국 드넓은 중국 대륙은 위나라 촉나라 오나라로 나뉘게 된다. 《삼국지》는 각 나라의 영웅이 각자의 세상을 꿈꾸며 다툼과 화해를 통해 어지러운 세상에 정면으로 맞서는 이야기다.

요즘에는 만화나 영화 또는 게임으로 쉽게 《삼국지》를 만날 수 있다. 그러나 그것들은 《삼국지》의 아주 작은 일부일 뿐이다. 그렇다고 여러분에게 어른이 읽는 어렵고 분량 많은 《삼국지》를 읽어 보라고 권할 수도 없다.

그래서 나는 아쉽고 힘들었던 기억을 떠올려 이번에 어린이가 쉽게 읽을 수 있는 《삼국지》를 엮어 내기로 했다. 《삼국지》 이야기를 새로 엮으면서 나 또한 다시 《삼국지》의 매력에 흠뻑 빠졌다.

《삼국지》를 다 읽고 나면 여러분은 더 넓은 세상을 가슴으로 품을 것이다. 아무리 어려운 일이 있다 해도 스스로 이겨 내고 용기를 가질 힘이 생길 것이다.

동화 작가 홍종의

주요 등장 인물

【 유비 】

한나라 황제의 먼 친척으로 가난과 어려움을 딛고 촉나라의 왕이 되는 인물. 복숭아꽃 핀 마당에서 관우, 장비와 의형제를 맺어 평생 깊이 사귀었으며, 숨어 있던 인재 제갈량을 세 번이나 찾아가 맞이한 일화가 유명하다.

【 관우 】

유비 의형제 중 둘째로 예를 잘 지키고 무슨 일이 있어도 유비에게 의리를 지키려고 하는 충신이다. 그를 무척 탐낸 조조가 온갖 연회와 선물을 베풀어 자기 부하로 삼으려 했으나 끝내 거절하고 유비의 곁으로 돌아갔다는 이야기는 유명하다. 청룡도라는 무기를 즐겨 썼다.

【 장비 】

유비 의형제 중 막내. 용맹한 장수로서 배짱도 있어 적은 병사를 이끌고 장판교 위에서 조조의 대군을 물리친 적도 있다. 보기와 달리 꾀를 써서 적을 속일 만큼 전략가로서도 훌륭했다. 무기로 장팔사모를 즐겨 썼다.

【 조조 】

죽을 때까지 후한의 신하로 남았으나 사실상 황제나 다름없는 권세를 누렸다. 상황 판단이 빠르고 휘하에 뛰어난 장수와 참모가 많다. 여포, 원소 같은 호걸을 물리치고 어지러운 한나라에서 가장 먼저 세력을 키운다.

🌀 등장 인물

【마량】

눈썹이 희어서 '백미'라는 고사성어의 주인공으로 알려져 있다. 적벽대전 이후 유비 아래로 들어왔다. 제갈량과 친하게 지냈으며 국내 정치와 외교에서 뛰어난 능력을 보인다.

【황충】

유표를 섬기다가 유비에게 항복했다. 이후 유비가 영토를 넓힐 때 큰 공을 세웠으며 유비가 한중 왕이 되자 관우, 장비, 마초, 조운 등과 함께 오호대장군에 봉해진다.

【위연】

용맹하고 뛰어난 장수. 제갈량이 죽은 뒤 배신을 꾀한다.

【궁요희】

오나라 손견의 딸로 손 부인이라고도 불린다. 유비와 결혼한 뒤 얼마 지나지 않아서 어머니가 위독하다는 소식을 듣고 유선을 데리고 오나라로 가려 했으나 조운이 설득하여 손 부인은 오로 가고 유선은 유비 곁에 남는다.

【국태 부인】

손권과 손 부인의 어머니. 손권이 나이 차이가 많이 나는 유비와 손 부인을 정략결혼시키려 하자 처음에는 반대했으나 유비를 직접 만나 보고 흐뭇해하며 결혼을 찬성한다.

【마초】

장비와 겨룰 만큼 무예가 뛰어나다. 제갈량의 눈에 띄어 유비 아래로 들어간다. 촉나라가 생기자 관우, 장비, 황충, 조운 등과 함께 오호대장군이 된다.

【복 황후】

원래 헌제의 후궁이었으나 나중에 황후가 된다. 조조가 동 귀비를 살해하는 등 황제의 권위가 떨어지자 조조를 암살하려는 시도를 한다.

【복완】

조조를 두려워하던 딸 복 황후와 헌제의 밀명을 받았으나 곧 조조에게 들키고 만다.

【조비】

조조의 아들. 글과 무예에 뛰어나 아버지의 뒤를 이어 위 왕에 오르지만 헌제를 협박해 황제 자리를 이어받아 마침내 위나라의 첫 황제가 된다.

【조식】

조조의 아들이자 조비의 친동생. 조조의 후계자 자리를 놓고 조비와 경쟁했으나 결국 나이가 많은 조비가 위 왕이 되었다.

【좌자】

후한 말의 도사. 아미산에 들어가 30년 동안 도를 닦았다. 조조를 만나 천하를 유비에게 물려주고 함께 도를 닦자고 제안한다. 화가 난 조조가 여러 고문을 가했으나 신묘한 도술을 부려 도망친다.

🐉 차례

【 지난 이야기 】

조조와의 싸움에서 크게 패한 유비 형제는 뿔뿔이 흩어졌다가 다시 만납니다. 유비는 삼고초려 끝에 제갈량을 만나 큰 뜻을 펼치기 시작합니다. 장강을 무대로 만나는 유비, 조조, 손권. 유비는 손권과 손을 잡고 조조의 백만 대군에 맞서는데······.

불 속에서 벌어진 적벽대전

주유는 제갈량에게 큰 감동을 받았지만 한편으로는 제갈량이 두려웠다.

"또 제갈량에게 당하고 말았소. 제갈량은 결코 오를 위해 온 것이 아니오. 그가 살아 있는 한 하루도 편히 잘 수 없을 것이오. 아무래도 유비와 제갈량을 먼저 치고 조조와 싸우는 게 좋을 듯싶소."

그러자 노숙이 주유를 말렸다.

"작은 일에 얽매어 큰일을 저버려서는 안 됩니다. 계획대로 모든 게 준비되어 있습니다. 이 좋은 기회를 놓쳐서는 안 됩니다."

노숙이 설득하자 주유는 마음을 가라앉혔다. 그러고는 조조와의 결전을 위해 곧바로 부하들에게 작전을 지시했다. 주유의 부하들이 명을 받고 출발했다. 그 뒤로 황개도 서둘러 조조에게 사람을 보내 편지를 전했다.

드디어 때가 왔습니다. 오늘 밤에 오의 군량과 군수품을 모조리 빼앗은 뒤 약속대로 항복하러 가겠습니다. 청룡기를 꽂은 배를 보시면 항복선이라고 여기십시오.

어느덧 어스름이 내리고 강 위에 바람과 물결이 거세게 일었다. 새벽부터 불어온 동남풍은 저녁이 되니 한층 더 세차게 불었다. 그런 탓에 강 위에서는 수증기가 피어올랐다.

주유와 정보가 탄 거대한 기함*이 활짝 펼친 돛을 펄럭이며 움직이기 시작했다. 그날 밤 노숙과 방통은 아무도 없는 본진을 지키고 있었다.

한편 유비는 동남풍이 불어올 무렵 조운에게 제갈량을 맞이하러 가라고 일렀다. 그러고는 망루 위에 앉아 제갈량이 돌아오기만을 기다렸다. 얼마 뒤 조운이 제갈량과 함께 돌아왔다.

"무사히 돌아와서 천만다행이오."

유비와 제갈량은 오랫동안 손을 맞잡았다. 그런 다음 제갈량이 유비에게 오와 위의 상황을 보고했다.

"지금 상황이 긴박하게 돌아가고 있습니다. 곧바로 출정 명령을 내리셔야 합니다."

"그렇지 않아도 모든 준비를 해 놓았소. 군사의 생각대로 실행하면 되오이다."

기함 함대의 군함 가운데 지휘관이 타고 있는 배.

제갈량은 가장 먼저 조운에게 명을 내렸다.

"장군은 병사를 이끌고 강을 건너 적벽에 숨어 있으시오. 오늘 밤 조조가 도망쳐 오면 공격하되 모두 죽이거나 도망치는 자를 쫓지는 마시오. 적당한 때 불을 놓아 적을 물리치시오."

조운이 물러나려다 제갈량에게 물었다.

"적벽에는 두 갈래 길이 있습니다. 한쪽은 남군으로, 다른 한쪽은 형주로 통합니다. 조조가 어느 길로 오겠습니까?"

"반드시 형주로 향하다 방향을 바꾸어 허창으로 돌아가려 할 것이오."

제갈량은 마치 손바닥을 들여다보듯 말했다.

그다음으로 제갈량은 장비를 불러 명을 내렸다.

"그대는 병사들을 이끌고 강을 건너 이릉의 길을 끊고 호로곡에 숨어 있으시오. 그러면 조조가 반드시 남이릉의 길을 피해 북이릉을 향해 도망쳐 올 것이오. 내일 비가 갠 뒤 조조의 패군은 이곳에서 밥을 지어 먹을 것이오. 밥을 짓는 연기가 나면 단숨에 쳐들어가 공격하시오."

장비가 물러가자 제갈량은 다른 장군들에게도 각각 명을 내렸다. 하지만 관우에게는 아무런 명령도 내리지 않았다. 그러자 관우가 불만이 가득한 얼굴로 제갈량에게 물었다.

"군사, 제게는 왜 명령을 내리지 않으십니까?"

"그대의 충성스러운 마음은 조금도 의심하지 않소. 그렇지만 예전에 그대는 조조에게 극진한 대접을 받았소이다. 그때 반드시 은혜를 갚겠다고 맹세하지 않았소. 그러니 도망쳐 온 조조를 잡더라도 놓아주게 될 것이오.”

“그건 군사의 지나친 생각이시오. 조조에 대한 은혜는 이미 안량과 문추의 목을 베어 갚았단 말이오. 그런데 어찌 오늘 다시 그를 놓아줄 수 있겠소이까. 만약 그를 놓아준다면 기꺼이 군법에 따라 벌하십시오.”

제갈량은 관우에게 명을 내렸다.

“그대는 화용산 기슭에 숨어 있다가 산마루* 쪽에 불을 놓으시오. 불을 지필 때는 연기가 나는 마른 잡목 등을 피워야 하오.”

관우는 병사들을 이끌고 화용산으로 내달렸다.

그사이 황개가 이끄는 배들이 조조의 진영을 향해 빠르게 다가가고 있었다.

“청룡기가 보이느냐?”

아래쪽에서 조조가 물었다. 망루에서 장군들이 대답했다.

“네, 보입니다. 청룡기가 틀림없습니다.”

조조는 환하게 웃으며 고개를 끄덕였다.

“황개가 정말 약속을 지켜 이곳으로 오는구나. 이제 오는 패한 것이나 다름없다.”

그때 정욱이 병사들에게 소리쳤다.

산마루 산의 등줄기 중에서 가장 높은 곳.

"아무래도 수상하다. 마음을 놓지 마라.

정욱의 말에 조조가 물었다.

"정욱, 무엇이 수상하다는 것인가?"

"군량과 무기를 실은 배라면 배가 물에 깊이 잠겨 있어야 합니다. 지금 눈앞에 보이는 배는 모두 얕게 떠 있습니다."

"흠, 과연 그렇도다."

조조는 깊이 한숨을 내쉰 뒤 고개를 들어 바람을 맞으며 생각에 잠겼다. 그러고는 불현듯 소리쳤다.

"당했다. 이런 큰바람 속에 적이 화공을 쓴다면 막을 방도가 없다. 당장 저 배들이 가까이 오지 못하도록 막아야 한다."

조조의 부하들이 황개가 몰고 오는 배를 향해 외쳤다.

"조 승상의 명령이다. 앞에 오는 배들은 모두 멈추고 돛을 내려라."

그러자 황개가 선루*에 올라 철편을 휘두르며 큰 목소리로 지휘했다.

"지금이다. 돌진해서 조조가 자랑하는 함대를 부셔 버려라."

화약과 기름, 건초 등을 가득 실은 배들이 위의 함대를 향해 돌진했다. 쿵 하는 소리와 함께 강과 땅이 뒤흔들렸다. 위의 병사들은 오의 배들을 밀어내려고 애썼지만 뱃머리에 대못이 박혀 있어 소용없었다. 오의 병사들은 위의 배 옆구리를 깊이 꿰뚫은 것을 확인한

선루 배의 앞부분, 중앙 또는 뒷부분의 위쪽 갑판에 만든 구조물.

다음 작은 배를 띄워 사방으로 흩어져 도망쳤다.

위의 함대는 순식간에 화염에 휩싸였고 쇠고리로 연결해 놓은 병선에도 불길이 옮겨 붙었다. 차례로 기울기 시작한 거대한 병선은 마치 불꽃 바퀴처럼 빙글빙글 돌다 이내 강물 속으로 가라앉았다. 게다가 불길은 육지로도 옮겨 붙었다. 적벽의 기슭과 바위와 숲이 불타더니 각 진영의 건물과 군량 창고와 마구간까지 모두 불길에 휩싸였다.

황개의 위장선이 돌진한 뒤 주유는 거대 병선을 이끌고 적벽으로 왔다. 그에 반해 조조는 몇몇 장군들과 도망치기에 바빴다. 그 광경을 목격한 황개가 급히 조조를 쫓았다.

"조조는 게 섰거라."

그때 장료가 황개를 향해 철궁* 한 발을 쏘았다. 화살은 황개의 어깨에 꽂혔다. 황개가 비명을 지르며 강물 속으로 떨어졌다. 오의 병사가 당황하며 강에 빠진 황개를 찾는 사이 조조는 간신히 적벽 기슭에 닿았다.

"이것이 꿈인가?"

조조는 주위를 둘러보며 중얼거렸다. 하지만 건너편 적벽과 위의 병선들이 거대한 화염에 불타고 있었다.

"아아, 꿈이 아니구나."

조조는 눈앞에서 벌어지는 적벽대전을 보며 무릎을 꿇고 흐느껴

철궁 철로 만든 튼튼한 활.

울었다.

적벽대전이 끝난 뒤 위의 병사는 하룻밤 사이에 삼분의 일로 줄었다. 물에 빠져 죽거나 불에 타서 죽거나 화살을 맞아 죽었다. 그것도 모자라 말에 밟히고 창에 찔려 죽은 사람이 산을 이룰 정도였다.

조조는 채찍을 휘둘러 뒤도 돌아보지 않고 내달렸다. 그 뒤를 장료와 서황이 따랐다. 그렇게 한참을 달린 다음에야 뒤를 돌아보니 적벽의 불길이 조금 희미해졌다. 조조는 그제야 한숨을 돌리며 주변 지형을 살폈다. 산천은 험하고 숲은 깊고 길은 한없이 험했다.

"아하하하. 하하하."

갑자기 조조가 큰 소리로 웃기 시작하자 부하들이 얼떨떨한 얼굴로 물었다.

"승상, 무엇 때문에 그리 웃으시는지요?"

"이곳 지형을 보니 절로 웃음이 나오는구나. 만약 내가 주유나 제갈량이었다면 먼저 이곳에 복병*을 두고 도망치는 적을 물리쳤을 것이다. 적벽에서의 싸움은 그들이 이겼지만 이곳 지형을 이용하지 못한 걸 보니 주유와 제갈량도 아직 모자란 게 많구나."

그때 주변 숲속에서 병사들이 튀어나왔다. 병사들이 앞뒤 길을 둘러싸는가 싶더니 누군가 큰 소리로 외쳤다.

"역적 조조야, 조운이 여기서 기다리고 있었다."

복병 적을 갑자기 공격하기 위해 적이 지나갈 만한 곳에 숨겨 둔 군사.

조조는 너무 놀란 나머지 하마터면 말에서 굴러 떨어질 뻔했다. 하지만 장료와 서황의 도움으로 간신히 호랑이 굴속에서 도망칠 수 있었다.

긴 밤이 지나고 해가 떠오를 무렵 동남풍이 잦아들었다. 조조는 문득 말을 멈추더니 눈앞에 나타난 두 갈래 길을 바라보았다.

"어느 쪽으로 가는 것이 허창에 가까운가?"

"남이릉입니다. 도중에 호로곡을 넘어가면 거리를 많이 줄일 수 있습니다."

"그럼, 남이릉 쪽으로 가자."

조조는 남이릉 쪽 큰길로 들어섰다.

오후가 지날 무렵, 조조와 부하들은 호로곡에 이르렀다. 조조는 하늘을 한번 올려다보더니 이내 무엇을 깨달았는지 또다시 웃음을 터뜨렸다.

조조의 부하들이 다시 조조에게 물었다.

"아까도 승상이 크게 웃으시자 조운이 나타났습니다. 지금은 대체 무슨 일로 웃으시는지요?"

조조는 한층 크게 웃으며 말했다.

"주유와 제갈량 모두 재주는 있지만 아직 지혜는 부족하구나. 만약 내가 적이었다면 여기에 복병을 심어 놓았을 텐데 참으로 허술하기 짝이 없구나. 그것을 비웃었도다."

조조의 말이 채 끝나기 전에 별안간 북소리와 함성이 울려 퍼지더니 사방팔방에서 적의 모습이 나타났다.

"조조야, 잘 왔구나. 장비가 너를 기다리고 있었다. 꼼짝 말고 기다려라."

장비가 시커먼 수염과 장팔사모를 휘날리며 모습을 드러냈다.

장료와 서황이 장비를 막아서는 사이 조조는 귀를 막고 눈을 감고 죽을힘을 다해 도망쳤다. 이윽고 부하들이 조조를 뒤쫓아 왔지만 모두 부상을 입고 있었다.

"또 갈림길이다. 이 두 길 중 어디로 가는 것이 좋은가?"

"산길 쪽을 살펴보니 건너편 산마루와 계곡 곳곳에서 희미하게 연기가 피어오르고 있습니다. 분명 적이 숨어 있을 듯합니다."

"그렇다면 산길로 가자."

조조가 눈꼬리를 실룩이며 말했다.

"산길에 복병이 기다리는 줄 뻔히 알면서 산을 넘는다니 대체 무슨 생각이십니까?"

부하들이 고개를 갸웃거리며 물었다.

조조는 쓴웃음을 지어 보였다.

"산마루와 계곡에 일부러 연기를 피워 병사가 많은 것처럼 보이게 한 것이다. 내가 큰길을 선택하면 그곳에 복병을 두어 나를 치려는 제갈량의 속임수가 틀림없다."

조조는 헐떡이며 화용산 봉우리를 올랐다.

산마루를 넘어 얼마쯤 가자 조조가 또 안장을 두드리며 웃어 댔다.

조조의 부하들이 조조에게 물었다.

"승상, 또 무슨 일로 웃으십니까?"

조조는 하늘을 우러르며 한층 크게 웃었다.

"주유가 어리석고 제갈량이 둔하다는 것을 지금 이곳에 와서 깨달았다. 그들이 어쩌다 적벽의 싸움에서 나를 이겼지만 소 뒷걸음질로 쥐를 잡은 것과 마찬가지구나. 만약 이 조조라면 반드시 이곳에 복병을 두어 적을 사로잡을 것이다."

조조는 어깨를 들썩이며 웃었다. 그런데 그 웃음소리가 끝나기도 전에 화살이 한 발 날아오더니 관우가 적토마를 타고 청룡도를 휘두르며 나타났다.

"오, 관우 장군."

조조는 자신도 모르게 관우의 이름을 큰 소리로 불렀다. 그러고는 말을 타고 관우 앞으로 나아갔다.

"장군, 오랜만이오. 반갑구려. 헤어진 이래 얼마 만이오?"

관우가 당장 조조의 목을 벨 기세로 달려오다 청룡도를 내리며 고삐를 늦추었다.

"실로 뜻하지 않은 곳에서 만나게 되었습니다. 오늘 주군의 명을 받고 여기서 승상을 기다리고 있었습니다. 옛말에 영웅의 죽음은 천지도 통곡하게 한다고 합니다. 이제 의연하게 죽음을 받아들이시기 바랍니다."

조조는 이를 악물고 미소를 띠었다.

"관우 장군, 영웅도 때로는 패배할 때가 있고 비참해질 때가 있지 않소. 지금 나는 싸움에 패하여 얼마 되지 않는 부상병들을 이끌고 이 험한 산속을 넘어왔소이다. 내 죽는 것은 억울하지 않지만 영웅

의 업이 여기서 끝이 나려 하니 더없이 무상하오. 혹시 예전에 그대
가 한 말을 기억한다면 나를 놓아주시구려."

조조의 말을 듣는 사이 관우는 어느새 머리를 숙인 채 고민에 빠
졌다. 그러자 조조의 부하들이 모두 말에서 내려 무릎을 꿇고 엎드
려 눈물을 흘렸다. 그 모습에 관우가 아무 말도 하지 않은 채 말을
돌렸다. 그사이 조조와 부하들은 관우에게서 도망쳤다.

그날 저녁 무렵, 조조는 기세등등하게 다가오는 군대와 또 한 번
맞닥뜨렸다. 하지만 가까이에서 보니 조인이 이끌고 온 군대였다. 조
조과 조인은 서로 손을 맞잡으며 눈물을 흘렸다.

"적벽에서 패전했다는 소식을 듣고 당장 달려오고 싶었지만, 남
군성을 비울 수 없었습니다. 그저 형님이 무사하시기만을 빌고 있었
습니다."

"내게 목숨이 붙어 있는 한 적벽의 원한은 반드시 갚을 것이다.
나는 허창으로 돌아가서 뒷날을 기약할 것이다. 너는 계속 남군성을
지키도록 해라. 절대 성을 나가서는 안 된다. 그리고 위급한 상황에
서 이 문서를 펼쳐 보아라."

조조는 조인에게 계책을 적은 문서를 건네고 허창으로 떠났다.

한편 하구성에서는 승리를 축하하는 잔치가 열렸다. 조운과 장비
를 비롯해 장군들이 돌아왔고 마지막으로 관우가 돌아왔다.

"오, 관우 장군. 기다리고 있었소. 조조의 목을 가져온 것은 분명
그대일 것이오."

제갈량의 말에 관우가 고개를 숙였다.

"실은 제가 이곳에 온 것은 공을 말씀드리기 위함이 아니라 죄를 청하기 위해서입니다. 군법에 준하여 벌을 받고자 합니다."

"뭐요? 그럼 조조가 화용산으로 도망 오지 않았다는 말인가?"

"군사의 예견대로 화용산으로 왔습니다. 그러나 제가 무능해서 그만 놓치고 말았습니다."

"뭐라, 놓쳤다고? 그대는 지난날 조조에게 받은 은혜에 얽매여 고의로 조조를 보내 주었구려."

제갈량은 관우를 꾸짖은 다음 병사들에게 명을 내렸다.

"군법은 국가의 근본이다. 사사로운 정으로 군령을 어긴 관우의 죄는 용서받을 수 없는 일이다. 무엇을 하는가, 저자를 끌어내서 목을 베도록 하라."

그때 유비가 제갈량 앞으로 다가가 무릎을 꿇었다.

"나와 관우는 복숭아나무 아래에서 생사를 함께하기로 맹세했소. 그러니 관우가 죽는다면 나도 함께 죽어야 하오. 관우의 죄는 용서하기 어려운 일임에 틀림없습니다. 내게 그 죗값을 잠시 맡겨 주시오. 뒷날 반드시 이 죄를 속죄할 공을 세우도록 하겠소."

제갈량은 유비의 말을 물리칠 수 없었다.

"용서할 수 없는 일이지만 주공의 말씀대로 잠시 처벌을 미루도록 하겠습니다."

자기 꾀에 넘어가다

오는 적벽에서 대승을 거둔 뒤 그 기세를 몰아 남군성 가까이 쳐들어갔다. 하지만 주유는 유비가 유강에 와 있다는 소식을 듣고 불안한 마음이 들었다.

'그가 유강에 있는 것은 남군을 공략하려는 야심에서 비롯된 것이다. 우리 오는 막대한 군량과 무기를 쏟아 부어 적벽에서 이겼다. 그것을 유비에게 빼앗긴다면 싸운 의미가 없어진다. 서둘러 유비를 찾아가 못을 박아야겠다.'

주유는 곧바로 노숙과 함께 유비를 찾았다.

"도독에게 조금이나마 도움이 되고자 급히 유강에 진을 쳤습니다. 도독께서 남군성을 공략할 의지가 없으시다면 제가 대신 시도해 볼까 합니다."

"천만의 말씀입니다. 지금 남군성은 이미 오의 손안에 있는 것과 마찬가지니 신경 쓰지 마십시오."

"조인은 뛰어난 장군입니다. 그리 만만한 상대가 아닌 듯싶습니다."

"만약 제가 손에 넣지 못한다면 그때는 유 황숙이 손에 넣으셔도 좋습니다."

주유는 큰소리를 치고는 진영으로 돌아와 곧바로 남군성을 공격했다. 오의 군대가 남군성 앞까지 들이닥치자 조인이 성문을 박차고 나가 맞섰다. 하지만 조인은 주유의 상대가 되지 않았다. 얼마 싸우지도 못하고 조인과 병사들은 남군성으로 도망을 쳤다.

"승상이 말씀하신 대로 성에서 나가지 말고 방어만 해야 했는데……."

조인은 갑자기 깨달은 듯 무릎을 쳤다. 조조가 허창으로 돌아가면서 건넨 계책을 떠올린 것이다.

한편 주유는 남군성을 포위한 다음 망루 위에 올라 성안을 살폈다.

"흠, 조인도 이곳을 지키기 어렵다는 걸 알고 도망칠 준비를 하는 게 틀림없다. 단숨에 쳐들어가자꾸나."

주유가 성안으로 달려들자 조인과 병사들은 성문을 빠져나가 서북쪽으로 달아났다.

"성 위에 올라 오의 기를 꽂아라."

주유가 소리쳤다.

성문 위에서 몰래 지켜보던 조인의 부하가 감탄하며 말했다.

"우리 계략에 넘어왔구나. 승상의 비책은 정말 신통하도다."

조인의 부하가 봉화 통에 불을 붙였다. 그러자 함성과 함께 성문 위로 노란 연기가 피어올랐다. 그 순간 주변 성벽 위에서 화살이 빗발치듯 주유를 향해 날아들었다. 갑자기 발밑의 땅이 꺼졌다. 함정이었다. 함정에 빠진 병사들이 그곳에서 기어 올라오자 화살이 쏟아졌다.

주유는 간신히 말을 잡아 타고 문밖으로 도망쳤다. 그때 화살이 날아와 주유의 어깨에 꽂혔고 주유가 말에서 떨어지고 말았다. 다행히 주유의 부하들이 달려와 주유를 둘러업고 오의 진영으로 도망쳤다.

정보는 주유를 대신해 병사들을 남군성에서 멀리 물러나게 했다. 그런 다음 서둘러 의원을 불러 주유를 치료하게 했다.

"화살이 왼쪽 어깨뼈를 부수고 안으로 파고 들어갔습니다."

의원은 곤란한 얼굴로 상처 부위를 살피다가 곁에 있던 제자에게 톱과 망치를 달라고 했다.

"무엇을 하려는 건가?"

정보가 깜짝 놀라며 물었다. 의원이 주유의 상처를 가리키며 대답했다.

"아무것도 모르는 사람이 무리해서 화살을 뽑은 바람에 뼛속에 부러진 화살촉이 남아 있습니다."

의원은 톱과 망치를 이용해 뼈를 파기 시작했다.

주유는 비명을 지르며 그만두라고 했다. 그러나 의원은 제자와 정보에게 주유의 팔다리를 잡게 하고 계속 망치질을 했다. 예상 외로 결과는 좋았다. 며칠 뒤 주유는 고열이 내리고 병상에서 일어날 수 있었다.

"아직은 안심할 때가 아닙니다. 화살에 독이 묻어 있어 화를 내면 다시 통증과 열이 날 것입니다."

정보는 의원의 말에 따라 주유를 싸움터로 나가지 못하게 했다. 또한 병사들에게 아무리 적이 들이닥치더라도 상대하지 말라고 지시했다.

하지만 조인이 대군을 이끌고 쳐들어오자 주유는 자리에서 벌떡 일어났다.

"이 정도 부상으로 누워만 있을 수는 없지."

주유는 성치 않은 몸을 이끌고 밖으로 나왔다. 그 모습을 본 조인의 부하가 달려가 조인에게 보고했다

"주유가 살아 있습니다."

"상처가 나았을 리는 없다. 화살에 맞은 상처는 화를 내면 재발하기 마련이다. 모두 주유의 화를 돋우어라."

조인이 선두에 서서 주유를 비웃었다.

"지난번엔 화살이었지만 이번엔 창이 기다리고 있다. 상처가 나을 날은 영원히 없을 것이다."

조인의 병사들도 그를 따라 험담과 욕설을 퍼부었다. 그러자 주유가 얼굴 가득 노기를 띠며 말했다.

"누가 저 조인의 목을 가져오너라."

주유는 소리를 지르며 피를 토했다. 그 틈을 타 조인이 공격해 들어왔고 주유의 부하들은 주유를 데리고 도망쳤다.

오의 진영으로 돌아온 주유가 부하들에게 말했다.

"내가 피를 토한 것은 일부러 그런 것이지 상처가 터진 것이 아니다. 조인의 계책을 역으로 이용한 것이다. 어서 상을 알리는 깃발을 세우고 내가 죽었다는 소문을 퍼뜨려라."

소식을 들은 조인은 한밤중에 오의 진영으로 쳐들어갔다. 그런데 오의 진중*에는 깃발만 있을 뿐 사람이 보이지 않았다.

"벌써 이곳을 버리고 떠난 것인가?"

그때였다. 갑자기 동문에서 주유의 군대가 함성을 지르며 공격해 왔다. 조인의 군대는 어쩔 줄 몰라 하며 사방으로 흩어졌다.

그날 밤 주유는 정보를 데리고 다시 남군성으로 갔다. 하지만 성벽 위에는 낯선 깃발이 꽂혀 있었고, 성문 앞에 조운이 버티고 서 있었다.

"제갈 선생의 명을 받고 이미 남군성을 점령하였소. 안됐지만 주도독께서는 한발 늦었으니 돌아가시오."

주유는 하는 수 없이 발길을 돌렸다. 그러면서 부하들에게 형주와 양양을 공격하라고 지시했다. 하지만 형주성은 장비의 손에 들어갔으며, 양양성은 관우가 차지했다는 소식이 전해졌다.

주유는 신음을 내며 쓰러졌다. 이번에는 진짜로 화가 치솟아 상처가 터진 것이었다. 주유는 치료를 받고 겨우 기운을 차릴 수 있었다.

"이런 일을 예상하고 내가 일찍부터 제갈량을 없애려고 한 것이

진중 군대나 부대의 안.

다. 제갈량을 죽이지 못한다면 내 마음이 편할 날이 없을 것이다. 다음에는 꼭 없애고 말 것이다!"

주유가 어금니를 깨물며 말하자 노숙이 고개를 내저었다.

"소용없는 일입니다. 조조와 적벽에서 싸워 승리하긴 했지만 아직 조조의 힘은 꺾이지 않았습니다. 반면 오의 주공께서는 합비를 공격하고 있습니다. 이러한 상황에서 유비와 전쟁을 벌이는 건 조조가 가장 바라는 일입니다. 제가 제갈량을 만나고 오겠습니다."

노숙은 곧바로 남군성을 찾아가 제갈량을 만났다.

"오가 모든 병사와 군량을 써서 필사적으로 싸웠기 때문에 위의 대군을 물리치고 서로 어려운 처지에서 벗어날 수 있었습니다. 그러니 형주는 당연히 오가 차지해야 하지 않겠습니까?"

노숙의 말에 제갈량이 웃어 보였다.

"형주는 유기 공자의 것이지 조조의 것이 아니니 오가 차지할 까닭이 전혀 없지요."

"유기 공자는 분명 강하성에 있다고 들었습니다. 그런데 어찌 형주의 주인이라 하십니까?"

제갈량이 좌우에 있는 부하들을 보며 말했다.

"유기 공자를 모셔 오너라."

곧 뒤편에 있던 병풍이 열리고 수척해 보이는 유기가 노숙에게 인사를 건넸다.

"지금 병중이시니 그만 안으로 모셔라."

제갈량의 말에 유기는 이내 안으로 들어갔고 노숙은 아무 말 없

이 고개를 숙였다.

"유기 공자가 안 계시면 몰라도 이렇게 계시는 이상 유기 공자가 형주의 주인입니다."

"그럼 유기 공자가 세상을 떠나는 날에는 형주를 오에게 돌려주시겠소?"

"그때는 어느 누구도 반대하지 않을 것입니다."

노숙은 서둘러 돌아가 주유에게 상황을 전했다.

"오래 걸리지 않을 것입니다. 유기의 혈색을 보니 얼마 버티지 못할 듯합니다. 그러니 지금은 기다리시는 것이 좋을 듯싶습니다."

노숙이 주유를 달래고 있을 때 형주를 버리고 철수하라는 손권의 명이 전해졌다.

유비는 남군성, 형주성, 양양성을 한꺼번에 손에 넣었지만 자만하지 않았다.

"쉽게 얻은 것은 쉽게 잃는다 했소. 세 곳의 성을 쉽게 얻은 만큼 이를 지켜 낼 좋은 방법이 없겠소?"

유비가 부하들에게 물었다.

"양양에 뛰어난 장수 마량이 있습니다. 그를 불러 양양 지역에 관해 물어보는 것이 좋겠습니다."

이윽고 마량이 성으로 왔다. 그는 눈을 맞은 듯 눈썹이 희었다.

"최근 세 성을 차지하고 이곳에 머무르게 되었습니다. 앞으로 어찌하면 좋겠습니까?"

"역시 유기의 군대를 앞세우셔야 할 것입니다. 유기의 군대를 형주성에 들이고 옛 신하들을 불러 유기 공자를 돌보게 하십시오. 그러면 백성들이 기뻐하며 황숙을 따를 것입니다. 이를 근본으로 하여 영릉, 계양, 무릉, 장사를 차지하는 것이 좋을 듯합니다. 이 네 곳은 쌀과 물고기 수확이 많습니다. 운송 체계가 잘 잡혀 있고 땅도 기름집니다. 이 정도면 형주와 양양을 오래 지킬 수 있을 것입니다."

마량은 모든 것을 한눈에 꿰뚫어 보았다.

유비는 가장 먼저 장비와 조운을 보내 영릉을 차지했다. 그다음 조운을 보내 계양을 공격했다. 얼마 뒤 조운이 계양성을 차지하자 장비가 제갈량에게 말했다.

"조운이 혼자 계양을 차지하는 공을 세웠는데, 선배인 제가 그저 하품만 하고 있어서야 되겠습니까? 다음 무릉 공격은 제게 맡겨 주십시오."

"좋소. 하지만 만에 하나 실수라도 하는 경우는 어찌하겠소?"

"군법에 따라 제 목을 바치겠습니다."

장비는 의기양양하게 무릉으로 향했다. 그러고는 얼마 뒤 무릉성을 차지했다. 그러자 형주를 지키고 있던 관우가 유비에게 말했다.

"장비도 조운도 제 맡은 바를 다할 수 있다니 실로 부럽기 그지없습니다. 이 관우가 장사를 공격할 수 있게 명을 내려 주십시오."

유비는 장비에게 형주를 지키라고 명을 내리고 관우를 장사로 보냈다.

관우가 장사성을 뚫고 들어가자 장사의 병사들은 허둥지둥 도망치기 바빴다. 이내 관우는 장사성 위에 승전기를 꽂았다. 그리고 장사의 훌륭한 장수인 황충과 위연을 얻었다.

이것으로 관우는 조조를 살려 준 반역을 조금은 회복할 수 있었다. 그러나 위연을 본 제갈량은 걱정했다.

'뒷모습이 당당치 못해 반골의 기운이 있어 장차 배반을 할 위인이로군.'

유비는 사 군을 차지한 뒤 북안의 요지인 유강구를 공안으로 고쳐 부르고 성을 쌓았다. 그곳에서 북쪽에 있는 위를 살피고 남쪽에 있는 오를 경계했다.

한편 오의 손권은 적벽대전의 기세를 몰아 합비를 공격했다. 합비는 조조가 허창으로 돌아가면서 특별히 장료에게 맡긴 요충지 중 하나였다. 하지만 적벽에서 대승을 거둔 오의 군대도 합비 공략에는 애를 먹고 있었다.

그곳에 노숙이 찾아왔다.

"주유 도독이 화살을 맞아 상처가 깊습니다. 또한 형주, 양양, 남군 세 요지를 유비에게 빼앗기고 말았습니다."

그때 병사가 손권에게 장료의 편지를 건넸다.

오의 대군은 파리인가 모기인가.
대체 성을 둘러싼 채 무엇을 하고 있는 것인가.

손권은 편지를 보고 부르르 떨었다. 그러고는 다음 날 아침 곧바로 합비성으로 쳐들어갔다.

　장료가 창을 들고 손권을 향해 달려들자 오의 장수 태사자가 맞서 싸웠다. 두 사람은 긴 창을 휘두르며 싸웠지만 쉽게 승부가 나지 않았다. 그러자 위의 장수들이 외쳤다.

　"저기 황금 투구를 쓰고 있는 자가 손권이다. 저 손권의 목을 베면 적벽에서 죽은 팔십만 병사들의 원수를 갚을 수 있다. 손권의 목을 쳐라."

　그 순간 손권은 말을 돌려 도망쳤다. 손권은 정보의 도움을 받아 간신히 진영으로 돌아왔다.

　손권은 이번 패배로 마음에 큰 상처를 입었다.

　"이러한 실패는 좋은 교훈입니다. 오의 장군들은 주군이 젊으셔서 자칫 혈기만 믿고 적을 우습게 보는 건 아닐까 불안해하고 있습니다."

　손권은 부하들의 말을 듣고 크게 깨달았다.

　다음 날, 태사자가 와서 손권에게 말했다.

　"제 부하인 과정과 장료의 말을 보살피는 후조가 형제입니다. 둘이 성안에 불을 지르고 장료의 목을 가져오겠다고 하니 오늘 밤 제가 어제의 패배를 되갚고 오겠습니다."

　손권은 자신만만한 태사자를 보며 어제 부하들이 한 말을 잊고 말았다. 손권은 태사자에게 명을 내렸다. 태사자의 지시에 따라 과정과 후조가 만났다.

　"내가 마구간이며 여기저기에 불을 지르고 다닐 테니, 너는 배반

자가 나타나 불을 질렀다고 소리치거라."

"알았습니다. 저도 같이 불을 지르며 소리치겠습니다. 불길이 일면 성 밖에서 태사자가 공격할 것입니다. 서쪽 문을 여는 것도 잊지 마십시오."

인기척*이 들리자 두 사람은 서둘러 사라졌다.

그날 밤 장료는 전날 싸움에서 이겨 놓고도 갑옷을 벗지 않았다. 그러자 장료의 부하들이 불만을 늘어놓았다.

"이긴 것은 어제 일이고, 오늘은 아직 이기지 않았다. 내일도 아직 이긴 것이 아니다. 아직 완전히 이긴 것이 아니니 한 치 앞을 알 수 없다. 그러니 절대 경계를 느슨히 해서는 안 될 것이다."

장료가 부하에게 말했다. 밤이 깊어졌다. 갑자기 성안이 소란스러워졌다.

"성안에 배신자가 있다."

장료는 곧장 침실에서 나와 성안을 둘러보았다. 연기가 피어오르고 여기저기에서 새빨간 불길이 치솟았다. 하지만 장료는 당황하지 않았다.

'그래, 배신자가 나타났다고 소리치는 목소리도 불이 났다고 소리치는 목소리도 모두 한두 사람의 목소리다. 성을 혼란에 빠뜨리기 위한 속임수이니 절대 흔들려서는 안 된다.'

얼마 뒤 장료의 부하들이 과정과 후조를 잡아 왔다. 장료는 그

인기척 사람이 있다는 사실을 알 수 있는 소리나 기척.

자리에서 두 사람의 목을 쳤다. 뿐만 아니라 태사자의 행동을 눈치 채고 병사들을 시켜 서쪽 문을 열게 했다. 그런 줄도 모르고 태사자는 계획한 대로 성안으로 뛰어들었다. 순간 화살이 태사자를 향해 빗발치듯 쏟아졌다.

"앗! 속았다."

태사자는 온몸에 화살이 꽂혀 마치 고슴도치처럼 변한 상태로 목숨을 잃었다.

비단 주머니에 담긴 세 가지 계책

평소 몸이 약했던 유기는 양양성에서 젊은 나이로 세상을 떠나고 말았다. 그러자 유비는 마음이 불안했다.

"유기 공자를 대신해 관우를 양양으로 보내 지키게 해야 합니다."

제갈량의 말에 유비가 걱정스레 물었다.

"손권이 형주를 돌려 달라고 할 게 불 보듯 뻔한 데 괜찮겠소?"

"노숙과 약속했지만 걱정할 필요는 없습니다. 제가 잘 처리하겠습니다."

이틀 뒤 노숙이 손권을 대신해 유기의 죽음을 위로하러 찾아왔다.

"유기 공자가 돌아가셨으니 이제 그만 형주를 오에 돌려줘야 하지 않겠습니까?"

"지금은 장례를 치르느라 정신이 없으니 그 일에 대해선 다른 날 이야기를 나누지요."

"나중에 다시 이야기하더라도 지금 약속을 해 주시지요."

노숙이 유비에게 끈질기게 약속을 받으려고 하자 제갈량이 끼어들었다.

　"오의 군신 중에 선생만은 옳고 그름을 구분할 줄 안다고 생각했는데 참으로 예의에 어긋나는 행동을 하시는구려. 전 형주 태수는 유 황숙의 형님 되시는 분이니 동생이 형님의 업을 잇는 것이 당연하지요. 또한 적벽대전에서 승리한 게 누구의 공인지 생각해 보십시오."

　노숙은 원망하듯 제갈량을 바라보았다.

　"이전에 유 황숙께서 조조에게 대패를 당하고 궁지에 몰렸을 때 선생을 배에 태우고 가 오의 주공을 설득해 전쟁을 하게 한 사람이 바로 저입니다. 그렇게 도움을 드렸건만 제 입장은 전혀 생각하지 않으시는군요. 지금 이대로 제가 돌아가면 오의 주공께서 뭐라고 하실까요? 저는 이제 고향으로 돌아가지도 못하게 생겼습니다."

　노숙의 말에 제갈량은 미안한 마음이 들었다.

　"그렇다면 잠시 유 황숙께서 형주를 빌리는 것으로 합시다. 뒷날 다른 땅을 갖게 될 경우 오에 형주를 돌려준다는 증서*를 써 드리면 어떻겠소?"

　"어느 땅을 취하면 형주를 돌려준다는 말씀입니까?"

　"중국은 이미 어디를 가더라도 위나 오를 피할 수 없게 되어 있소. 내 살펴보니 서북의 오지나 다름없는 촉만 남아 있을 뿐이오. 촉을 얻는 그날 형주를 돌려 드리도록 하겠소."

증서 권리, 사실 등이 틀림없음을 증명해 주는 문서.

제갈량은 종이와 붓을 가져와 유비에게 건넸다. 유비는 묵묵히 증서를 써서 노숙에게 건넸다.

노숙은 증서를 가지고 오로 돌아갔다. 그러고는 손권을 만나기 전에 주유에게 들렀다.

"아아, 공은 제갈량에게 또 속았구려. 어찌 사람이 이리 순진하시오. 그대로 주공께 말씀드리면 공의 목이 그 자리에서 날아갈 것이 분명하오."

노숙은 손권이 화내는 모습이 눈앞에 선했다. 하지만 이제 와서 어쩔 수 없는 노릇이었다. 문득 주유의 머릿속에 좋은 생각이 떠올랐다.

"주공의 누이동생 궁요희를 유비에게 시집보내면 어떻겠소?"

궁요희는 천성이 강하고 용맹하며 무예를 좋아해 늘 허리에 작은 칼을 차고 다니는 조금 별난 여인이었다.

"하지만 유비는 부인이 있지 않습니까? 설마 아가씨를 유비의 첩으로 보내자는 말씀이십니까?"

"아니오. 내가 알기로 유비의 부인은 얼마 전 병으로 죽었소. 적벽대전과 계속되는 전쟁으로 장례조차 치르지 못하고 있지만 형주성에 하얀 조기가 걸려 있다고 하오."

"그렇다 해도 유비는 벌써 쉰이고 아가씨는 열여섯인데 과연 어울리겠습니까?"

"이 결혼은 목적을 위한 정략결혼*이란 말이오. 유비가 먼저 제갈량을 이용해 오를 속였으니 이번에는 우리 차례가 아니겠소? 즉, 결

혼을 핑계로 유비를 오로 불러들여 결혼식 전에 죽이면 되는 것이
오."

노숙은 곧바로 손권에게 유비를 만난 일과 주유의 말을 전했다.

"과연 주 도독은 하늘이 내린 장군이오."

손권은 여범을 중매쟁이*로 삼아 유비에게 보냈다.

"실은 유 황숙께서 부인을 잃으신 뒤 혼자된 사정을 알게 되었습
니다. 집안에 부인이 없는 것은 집에 기둥이 없는 것과 다름없습니
다. 그런 뜻에서 저희 주공께서는 누이동생을 유 황숙께 시집보내고
싶어 하십니다."

"천하에 둘도 없이 좋은 혼담이지만 나는 이미 귀밑머리가 희끗
희끗합니다. 귀하 주공의 누이동생은 아직 한창인 나이인지라 나와
는 어울리지 않을 듯싶소."

"아닙니다. 나이가 많고 적은 것은 아무 문제가 안 됩니다. 두 나
라의 평화와 관계되는 일입니다. 저희 주공께서는 부디 황숙께서 오
로 오셔서 결혼이 이루어지길 바라고 계십니다. 무엇보다 주공의 누
이동생께서는 비록 여자의 몸으로 태어났지만 남자보다 뜻이 높아 천
하의 영웅이 아니면 남편으로 섬기지 않겠다고 말씀하셨습니다. 그러
니 황숙이 아니시면 누가 그분을 부인으로 맞이할 수 있겠습니까."

여범은 간곡히 말하며 유비를 설득하려 했다.

정략결혼 가문이나 보호자가 이익을 얻기 위해 신랑 신부의 뜻과 상관 없이 시키는 결혼.
중매쟁이 결혼이 이루어지도록 두 가문을 소개해 주는 사람을 낮춰 부르는 말.

그날 밤 유비는 제갈량을 불러 혼담에 대해 의견을 구했다.

"분명 오의 계략이 숨어 있지만, 우선 손권의 뜻을 받아들이십시오. 조운에게 계책을 담은 비단 주머니 세 개를 건네 놓을 테니, 걱정하지 마시고 다녀오십시오."

얼마 뒤 유비는 조운을 데리고 오로 향했다.

오로 들어가기 전 조운은 제갈량에게 건네받은 비단 주머니 가운데 첫 번째 주머니를 열어 보았다. 주머니 안에는 '먼저 교공을 만나라.'라고 쓰여 있었다. 교공은 일찍부터 조조가 마음에 품어 온 이교의 아버지다. 그는 오의 원로로 인품이 뛰어나 사람들에게 존경받는 인물이었다.

유비와 조운은 오에 도착하자마자 교공의 집을 찾아갔다.

"주공의 누이동생이라면 황숙의 부인으로 손색이 없을 것입니다."

교공은 유비에게 축하 인사를 건넸다. 그러고는 유비와 조운을 위해 축하 잔치를 열었다.

다음 날 교공은 궁궐에 들어가 손권과 그의 어머니인 국태 부인에게도 축하 인사를 건넸다.

"뭐라고요? 유비와 제 딸이 결혼한다고요? 뻔뻔스러운 인간 같으니라고!"

국태 부인의 말에 교공이 손을 내저으며 말했다.

"주공께서 유 황숙과 아가씨의 혼인을 간절히 원하셔서 유 황숙이 오신 것입니다."

곁에 있던 손권이 어찌할 줄 몰라 하며 입을 열었다.

"실은 그 혼담은 주유의 계책입니다. 거짓으로 결혼을 청해 유비를 오로 불러들여 죽이면 큰 어려움 없이 형주를 얻을 수 있다고 했습니다."

손권의 말에 국태 부인은 더 화를 냈다.

"당장 주유의 목을 치십시오. 대도독이라는 자가 형주 하나 공략하지 못해 우리 아이를 볼모로 삼다니! 누가 뭐라 해도 내 눈에 흙이 들어가기 전에는 절대 안 됩니다."

손권은 화를 내는 어머니 앞에서 그저 침묵할 수밖에 없었다. 게다가 교공도 주유의 계책을 반대하고 나섰다.

"거짓 결혼으로 유비를 죽이면 비록 천하를 얻는다 하더라도 민심*은 따르지 않을 것입니다. 오의 역사에 먹칠을 하는 것과 같습니다."

손권은 어머니의 뜻을 거스를 수 없었다. 그렇다고 주유의 계책을 포기할 수도 없는 노릇이었다. 그는 밤새 고민하다 여범을 불렀다.

"내일 어머니와 함께 유비를 만날 것이오. 병사들을 숨겨 놓고 있다 어머니가 유비를 마음에 들어 하지 않으시면 당장 유비를 죽이시오. 그럴 일은 없겠지만, 혹시라도 마음에 들어 하시면 어머니의 마음이 바뀔 때까지 기다릴 수밖에……."

여범은 중매쟁이 자격으로 유비를 데려왔다. 손권과 국태 부인과 교공은 유비를 기다리고 있었다. 그들 앞에 선 유비는 온화하면서도

민심 백성의 마음.

당당한 모습이었다.

"범상치 않은 인물이지 않습니까? 이렇게 좋은 신랑감을 어디서 얻을 수 있겠습니까?"

교공의 말에 국태 부인은 어제와는 달리 부드러운 눈길로 유비를 바라보았다.

이윽고 환영 잔치가 열리고 맛 좋은 음식과 진귀한 술이 차려졌다. 한창 잔치가 무르익을 무렵 유비가 슬픔이 가득한 얼굴로 국태 부인에게 말했다.

"만약 제 목숨을 거둘 생각이시면 부디 칼을 제게 주십시오. 저를 죽일 병사들이 숨어 있다고 생각하니 두려워 잔을 들 수 없습니다."

국태 부인은 깜짝 놀라 말했다.

"주공이 그런 계략을 꾸미신 것입니까? 도대체 내 사위가 될 분한테 이게 무슨 짓이오?"

국태 부인이 손권을 돌아보며 꾸짖자 손권은 당황해 하며 시치미를 뗐다. 숨어 있던 병사들은 머리를 숙이고 허둥지둥 도망치기 바빴다.

일주일 동안 결혼을 축하하는 잔치를 벌이고 드디어 결혼식이 열렸다. 하지만 손권은 마음이 편하지 않았다. 그때 주유로부터 계책을 담은 편지가 왔다.

"역시 주 도독은 대단하오. 도독의 계책대로 유비가 원하는 만큼 금은보화를 주고 미인들을 불러 맛있는 음식과 술을 대접해 그의 혼을 빼놓으시오. 그러면 그는 형주로 돌아가는 것도 잊게 될 것이

고 형주에 있는 그의 부하들은 그에게 실망하여 원한을 품을 것이 분명하오."

손권은 주유의 계책을 당장 실천에 옮겼다.

유비는 어린 신부와 진귀한 보물과 달콤한 술과 미인들에 둘러싸여 세월을 잊고 지냈다.

"아아, 이 일을 어떻게 해야 하는가."

조운은 그런 유비를 보며 날마다 한숨만 내쉬었다.

그러던 어느 날 조운은 제갈량이 건넨 비단 주머니를 떠올렸다. 비단 주머니 속에는 지금 상황을 정확히 꿰뚫은 제갈량의 계책이 들어 있었다. 조운은 곧바로 유비를 찾아갔다.

"큰일입니다. 적벽의 원한을 풀기 위해 조조가 직접 오십만 대군을 이끌고 형주를 치러 왔다고 합니다. 자, 지금 당장 돌아가셔야 합니다."

"잠깐 기다리게. 부인에게도 이 사실을 알려야 하니."

유비가 안으로 들어가자 손 부인이 먼저 말을 꺼냈다.

"이미 얘기 들었습니다. 저도 함께 형주로 가겠습니다."

"전쟁이 끊이지 않을 타국에서 온갖 고생을 할 텐데 그래도 오를 떠난 것을 후회하지 않겠소?"

"남편과 헤어져 홀로 오에 남는다 한들 무슨 즐거움이 있겠습니까? 남편 곁이라면 불길 속이든 물길 속이든 어디라도 따를 것입니다."

유비는 기뻐서 금방이라도 눈물을 흘릴 듯했다.

"사람들 눈에 띄지 않게 장강의 기슭에서 기다리고 있으라."

유비는 부하들에게 말한 뒤 조운을 불러 계획을 세웠다.

"주군께서도 잊지 마시고 군사의 계획대로 하십시오."

다음 날 유비는 손 부인과 함께 사람들의 눈을 피해 장강에 도착했다.

"여기까지는 운이 좋았네. 곧 추격대가 따라올 것이니 서두르세."

"이미 각오한 일입니다. 이 조운이 있는 한 걱정하지 마십시오."

그로부터 반나절이 지난 뒤 손권은 모든 사실을 알게 되었다.

"유비 이놈이 은혜를 원수로 갚는 것도 모자라 내 동생을 빼앗아 도망가다니!"

손권은 탁자 위에 있던 벼루를 집어 바닥에 내동댕이쳤다. 그러고는 부하들에게 유비의 목을 가져오라고 명을 내렸다. 손권의 부하들은 밤낮으로 말을 달려 유비를 따라잡았다.

"아, 큰일이다. 이제 오갈 수가 없게 되었구나."

"걱정하지 마십시오. 군사께서 미리 이런 일을 예상하고 비단 주머니에 계책을 담아 주셨습니다."

조운이 유비의 귀에 대고 속삭이자 유비는 그제야 희망을 되찾았다. 잠시 뒤 유비는 손 부인이 탄 가마로 다가가 슬픈 목소리로 말했다.

"부인, 여기까지 함께 왔지만 이제 나는 목숨을 보장할 수 없게 되었소. 우리의 인연은 이게 다인 것 같으니, 부인은 단념하고 오로

돌아가시오."

유비가 손부인에게 말했다.

"다시 오로 돌아가려 했다면 여기까지 오지도 않았습니다. 어찌 그리 성급히 말씀하십니까?"

"오의 추격대가 앞뒤에서 쫓아오고 있고, 주유의 군대가 사방을 가로막고 있소. 붙잡혀 모욕을 당하고 죽느니, 차라리 여기서 스스로 목숨을 끊는 것이 좋을 듯하오."

그때 손권의 부하들이 가마를 둘러쌌다. 손 부인은 유비를 가마 뒤쪽에 숨기고는 가마에서 내렸다.

"주군의 누이동생에게 손끝 하나라도 댔다가는 주군의 어머니가 너희 목을 그대로 두지 않을 것이다."

"아가씨를 해하려는 것이 아닙니다. 그저 유비를……."

"입 다무시오. 유 황숙은 한나라의 황숙, 그리고 내 남편이십니다. 그러니 나와 마찬가지인 내 남편에게 손끝 하나라도 대면 가만두지 않을 것이오."

손 부인은 허리에 차고 있던 작은 칼을 움켜쥐었다. 그러자 손권의 부하들은 할 수 없이 발길을 돌릴 수밖에 없었다.

부하들에게 상황을 전해 들은 손권이 이번에는 자신의 칼을 건네며 명을 내렸다.

"이 칼을 들고 유비를 쫓아 반드시 놈의 목을 치거라. 만약 이번에도 내 누이동생이 말을 듣지 않으면 나를 대신해 동생의 목을 쳐라."

그즈음 유비와 조운은 유랑포에 도착했다. 하지만 배가 한 척도 보이지 않았다.

"이곳은 마치 호랑이 굴 같구나. 이제 마지막이 온 듯하다."

"아닙니다. 아직 실망하기는 이릅니다. 마지막 남은 비단 주머니를 열어 보았더니, '유랑포의 파도가 거세도 근심하지 말라. 여기서 배 한 척을 만나리.'라고 적혀 있었습니다."

조운이 유비를 위로했지만 유비는 말없이 회색빛 하늘과 강물을 둘러볼 뿐이었다. 그 순간 산등성이 쪽에서 추격대의 북소리와 징소리가 들려왔다. 강 쪽에서는 유비를 부르는 소리가 들려왔다.

"황숙, 빨리 배에 오르십시오."

제갈량이 배 위에서 손을 흔들었다.

유비와 손 부인은 배를 타고 서둘러 유랑포를 벗어났다. 강기슭에서 추격군의 화살이 비 오듯 날아왔지만 모두 강물에 떨어졌다.

배를 타고 얼마쯤 가다 보니 주유가 군함 백 척을 이끌고 나타났다. 유비를 비롯한 사람들의 얼굴이 창백해졌다. 하지만 제갈량은 예상한 일이라는 듯 배를 신속하게 강기슭에 댄 뒤 육로로 도망치기 시작했다. 주유의 군대도 배를 버리고 육지로 올라왔지만 관우가 달려와 청룡도를 휘두르자 제대로 싸우지도 못한 채 패하고 말았다.

주유는 다시 강가로 도망친 뒤 재빨리 배에 올랐다.

"오의 대도독 주유가 이런 치욕을 당하고 어찌 주공을 뵐 수 있겠는가."

주유는 이를 갈며 소리친 뒤 입에서 붉은 피를 토하고 바닥에 쓰러졌다.

"도독, 주 도독! 정신 차리십시오."

오의 부하들이 주유의 몸을 안아 일으켰다.

손권은 보고를 받고는 장소를 불렀다.

"유비를 가만둘 수 없다. 무슨 좋은 방법이 없겠는가?"

"지금 조조는 적벽의 치욕을 갚고자 밤낮으로 군비를 늘리고 있습니다. 조조가 당장이라도 대군을 이끌고 오지 않는 것은 힘이 없어서도 오를 두려워해서도 아닙니다. 오와 유비의 연합을 두려워해서입니다. 그런데 만약 오가 유비를 공격하여 두 세력 간에 전쟁이 벌어지면 조조는 때가 왔다고 여길 것입니다. 그러니 지금은 유비와 조조가 서로 동맹을 맺지 않도록 해야 합니다."

"유비가 과연 조조와 동맹을 맺겠는가?"

"우리가 있을 수 없는 일이라며 방심하면 더욱 그 가능성은 높아집니다. 그러니 당장 허창으로 사자를 보내 유비를 형주의 태수로 추천하는 것이 좋을 듯합니다."

손권은 내키지 않는 표정을 지었다.

"그렇게 해야만 조조가 오와 유비 사이를 눈치채지 못할 것입니다. 또한 유비도 오를 원망하는 마음을 잊어버릴 것입니다. 그런 다음 오는 조조와 유비를 싸우게 하고 유비가 지쳐 있을 때 형주를 빼앗는 것입니다."

손권은 장소의 말에 마음이 움직였다.

손권은 봉추를 잃고 유비는 방통을 얻다

드디어 팔 년에 걸쳐 건설한 동작대가 모두 완공되었다.

조조는 각 지역의 대장과 장군을 동작대로 초대해 완공을 축하하는 잔치를 열었다. 하북성의 봄은 그들이 타고 온 마차와 말로 활기가 넘쳤다.

사람들은 화려한 동작대를 보며 그저 넋을 잃을 뿐이었다. 조조는 비단 도포에 황금 칼을 차고 구슬로 만든 신발을 신고 있었다.

"오늘같이 좋은 날 흥을 돋우는 일이 없는가?"

조조는 부하들에게 붉은빛이 도는 비단 전포를 가져오게 했다. 그러고는 그것을 정원 건너편에 있는 큰 버드나무 가지에 걸게 했다.

조조가 장군들을 향해 말했다.

"버드나무까지 거리는 백 보요. 저 전포의 붉은 심장에 활을 쏘아 맞힌 자에게 전포를 상으로 내리겠소. 자신 있는 자는 도전하시오."

활을 쏘겠다고 나선 사람들이 줄을 지어 섰다.

"만약 쏘아 맞히지 못한 자는 벌로 장하의 강물을 한가득 마셔야 하오. 자신 없는 자는 지금이라도 줄에서 벗어나시오."

조조의 말과 함께 북소리가 울려 퍼졌다. 다음 순간, 조조의 조카 조휴가 달려 나와 목표물을 향해 활시위를 당겼다. 화살은 정확히 목표를 꿰뚫었다.

"와아, 명중이다. 맞았다."

병사들이 버드나무 쪽으로 달려가 조휴에게 건넬 붉은빛 전포를 내리려고 했다. 그때 하후연이 과녁과 반대 방향으로 말을 달리다 고개를 돌려 활을 쏘았다. 그의 화살은 앞서 쏜 화살 한가운데를 정확히 꿰뚫었다.

하후연은 화살을 쫓아 버드나무 아래로 달려갔다.

"이 전포는 내가 받겠소이다."

하후연이 말 위에서 손을 뻗어 전포를 잡으려는 순간 서황의 화살이 버드나무 가지를 꿰뚫었다. 그리고 서황은 바닥으로 떨어지는 붉은 전포를 낚아챘다.

"승상의 선물은 제가 받겠습니다."

그때 허저가 뛰어나와 서황의 활을 잡더니 말 위에서 그를 끌어내렸다.

"아직 승상의 허락이 없소이다. 활 실력으로 그 전포를 받을 자가 결정되는 것이오."

두 사람은 전포를 붙잡고 서로 잡아당기며 힘겨루기를 했다. 이윽고 전포는 몇 갈래로 찢어지고 말았다.

누대 위에 있던 조조가 쓴웃음을 지으며 장군들에게 말했다.

"장군들이 평소 훈련과 무예에 힘쓴다는 것을 잘 알았소. 그런 장군들에게 내 어찌 한낱 전포를 아끼겠소."

조조는 장군들에게 비단 한 필씩을 선물했고 우레와 같은 박수가 쏟아졌다. 그때 조조의 부하 정욱이 달려와 소식을 전했다.

"오의 손권이 유비를 형주 태수로 추천했다고 합니다. 그뿐 아니라 자신의 누이동생을 유비에게 시집보냈다고 합니다."

"뭐라, 손권의 동생과 유비가 혼례를 올렸다고? 유비는 용과 같은 인물이다. 유비가 형주를 얻었다는 것은 교룡*이 물을 만나 큰 바다로 나가는 것과 같다."

"손권과 유비는 수룡* 두 마리처럼 서로 맞지 않습니다. 분명 이번 혼례에도 다른 속내가 있을 것입니다. 그러니 손권이 믿고 의지하는 주유와 정보를 이용해 손권과 유비를 서로 싸우게 하면 어떨까 싶습니다."

조조는 허창으로 돌아와 주유를 남군 태수로 임명했다. 하지만 남군에는 이미 유비가 있었다.

소식을 들은 오의 손권은 곧바로 노숙을 유비에게 보냈다.

"군사, 또 노숙이 온다는데 만나서 어찌하면 좋겠소?"

유비가 제갈량에게 물었다.

교룡 뱀과 비슷하나 넓적한 네발이 있는 상상 속 동물. 아직 좋은 때를 못 만난 영웅호걸을 가리키기도 함. | **수룡** 물에 사는 용.

"만약 노숙이 형주 문제를 다시 꺼낸다면 주군께서 큰 소리로 통곡하십시오. 그다음은 제가 알아서 하겠습니다."

이윽고 노숙이 도착했다.

"제가 다시 이곳에 온 까닭이야 헤아리고 계실 듯합니다. 오로지 형주를 건네받는 문제를 상의하기 위해서입니다. 이미 오가와 유가는 혼인으로 하나가 되었습니다. 이에 형주를 돌려주지 않는 것은 세상에 대해서도 또 미래를 위해서도 바람직하지 않은 일인 듯합니다. 이제 제 얼굴을 봐서라도 흔쾌히 돌려주시지요."

노숙의 말이 끝나자마자 유비가 얼굴을 감싸며 통곡했다. 그때 제갈량이 노숙에게 말했다.

"공께서는 황숙이 어찌 슬피 우는지 그 까닭을 알고 계십니까?"

"모릅니다."

"촉의 유장은 황숙과 피를 나눈 형제와 다름없습니다. 그런데 아무런 이유 없이 촉을 공격하면 세상 사람들은 황숙을 욕할 것입니다."

노숙은 자리에서 일어나 유비를 위로했다.

"황숙, 그만 눈물을 거두시지요. 저와 제갈 선생이 좋은 방법을 생각해 보겠습니다."

노숙은 오로 돌아가는 도중 주유를 만나 사정을 이야기했다.

"모든 게 다 유비와 제갈량의 계략일 뿐이오. 주공께 그런 답을 전하면 그 자리에서 목이 날아갈 것이오. 그러니 다시 유비를 만나러 가시오."

주유의 말에 노숙은 얼굴이 새파래졌다. 그러자 주유가 노숙에게 한 가지 계책을 알려 주었다. 노숙은 다시 형주로 가서 유비를 만났다.

"오로 가서 주공께 황숙의 어려운 사정을 그대로 말씀드렸더니 주공께서 한 가지 방법을 생각해 내셨습니다. 황숙의 이름으로 촉을 공격하는 게 어렵다면 오가 직접 공격하는 것입니다."

"오의 군대로 촉을 공격한다니 이보다 더 좋은 일은 없소이다. 모두 다 공의 덕이오."

유비가 고마워하자 노숙도 기뻐하며 오로 돌아갔다. 노숙이 돌아간 뒤 유비가 제갈량에게 물었다.

"오의 군대로 촉을 공격해 내게 준다니 대체 손권의 속셈이 무엇인 것 같소?"

"손권의 생각이 아닙니다. 분명 주유의 계책입니다. 주유는 자신이 세운 계책으로 죽을 날이 마침내 가까워진 듯합니다. 주유는 촉을 공격한다는 명분으로 형주를 통과해 취할 생각인 것입니다."

그렇게 말한 뒤 제갈량은 조운을 불러 계략을 펼칠 준비를 했다.

한편 노숙에게 상황을 전해 들은 주유는 직접 군대를 이끌고 형주로 향했다. 하지만 형주에 도착했는데 유비의 마중은커녕 아무도 나와 있지 않았다. 그때 주유의 부하가 달려와 보고를 했다.

"뭔가 이상합니다. 형주성 안이 장례식장처럼 조용할 뿐입니다."

"어쩌면 제갈량이 우리의 속셈을 알아채고 성을 버리고 도망쳤는지도 모른다."

잠시 뒤 주유는 형주성 문 앞에 다가가 외쳤다.

"오의 대도독 주유다. 유 황숙은 어찌하여 마중을 나오지 않았는 가?"

주유가 큰 소리로 꾸짖자 성루 위에서 조운이 소리쳤다.

"주 도독, 무엇하러 왔는가? 제갈 선생께서 이미 그대가 형주를 치려는 것을 알고 내게 이곳을 지키라 하셨네."

그때 주유의 부하가 달려와 소식을 전했다.

"지금 유비와 제갈량은 앞산 꼭대기에 자리를 깔고 앉아 술을 마시고 있답니다."

주유는 이를 갈며 주먹을 불끈 쥐었다. 그러자 상처가 다시 터졌고 입에서 피가 쏟아져 나왔다. 그때 병사 한 명이 다가와 제갈량의 편지를 건넸다.

촉의 유장은 약하고 어리석지만 백성들이 강하고 지형이 험해 공격할 수 없을 것입니다. 또한 적벽에서 수많은 병사와 말을 잃은 조조는 원수 갚는 일을 잊지 않고 있을 것입니다. 이러한 때 군대를 이끌고 멀리 촉을 공격하러 가신다면 그 틈을 노려 조조가 오를 짓밟을 것이 불을 보듯 뻔합니다. 그런 상황을 지켜볼 수만 없어 이렇게 말씀드리니 부디 현명하게 판단하시길 바랍니다.

주유는 제갈량의 편지를 읽는 동안 손을 부들부들 떨었다.

"나는 여기서 눈을 감지만 충성을 다해 오를 섬겨 다오. 그리고 주공께 노숙 선생을 대도독으로 삼으면 밖으로는 화를 면하고 안으로는 백성들의 마음을 얻을 것이라 전해 다오."

주유는 부하들에게 그렇게 말하고 숨을 거두었다. 그는 아직 젊은 나이인 서른여섯 살이었다.

밤이 되자 상* 기를 걸고 관을 실은 배가 오로 돌아왔다.

주유의 장례가 끝난 뒤에도 손권은 밤낮으로 슬픔에 빠져 지냈다. 손권은 주유의 유언대로 노숙을 대도독으로 임명했지만 노숙의 온화한 성품으로 큰일을 해낼 수 있을지 의심스러워했다. 그것은 노숙도 마찬가지였다.

"주 도독의 유언으로 일단 도독 자리를 받아들였지만 절대로 인재가 없는 것이 아니다. 반드시 제갈량을 넘어서는 인물을 찾아 도독의 자리를 물려줄 것이다."

며칠 동안 노숙은 깊이 고민한 뒤 손권에게 말했다.

"대도독 자리에 알맞은 사람이 한 명 있습니다. 바로 양양에서 이름을 떨치는 봉추 방통 선생입니다. 제갈량도 그의 지혜에는 고개를 깊이 숙이고 있습니다."

손권은 곧바로 방통을 찾아오라고 명을 내렸다.

이윽고 노숙이 방통을 데리고 왔다. 하지만 손권은 방통을 보고 크게 실망했다. 얼굴은 마맛자국*으로 울퉁불퉁했고 코는 납작하여 짜부라졌다. 콧수염은 수염이라고 할 수 없을 정도로 짧고 듬성듬성

상 사람이 죽었을 때 그를 추도하기 위해 일정한 기간 동안 활동을 자제하고 몸가짐을 삼가는 일.
마맛자국 마마는 옛날에 천연두라는 전염병을 가리키던 말이다. 천연두에 걸리면 온몸에 작은 종기가 돋는데 나중에 떨어지면서 피부에 자국이 남고 그 자국을 마맛자국이라고 한다.

했다.

'저리 못난 사람도 드물 것이다.'

손권은 속으로 생각하며 방통에게 한두 가지 질문을 던졌다.

"그대는 무엇을 익히셨소?"

"밥을 먹고 시간이 흐르면 죽는 것이겠지요."

"그럼 그대의 재주는 어떻소?"

"그저 때에 따라 대처할 뿐입니다."

방통은 퉁명스럽게 말했고 손권은 그를 업신여기며 물었다.

"주유와 비교했을 때 그대는 어떠하오?"

"제가 진주라면 주유는 진흙일 것입니다."

방통의 대답에 손권이 화를 내며 들어가 버렸다. 그러자 노숙이
따라 들어가 말했다.

"겉모습은 볼품없지만 그 재주와 학식은 누구보다 뛰어납니다.
적벽대전에서 주 도독이 큰 공을 세운 것도 다 방통의 지략 덕분입
니다."

"소용없소. 나는 그를 쓸 생각이 없소."

노숙은 직접 성문까지 나와 방통을 배웅했다.

"선생은 이번 기회에 오를 떠나시겠지요? 그렇다면 누구를 주군
으로 섬기실 생각입니까?"

"물론 위의 조조겠지요."

노숙이 깜짝 놀라며 손을 내저었다.

"그건 안 됩니다. 형주의 유비에게 가십시오."

"하하하, 조조에게 간다는 말은 장난이었습니다. 잠시 선생의 마음을 헤아려 본 것뿐입니다."

"그럼, 안심입니다. 선생이 유비를 도와 조조를 치는 날이 빨리 온다면 오에서도 크게 기뻐할 일입니다."

두 사람은 인사를 나누고 헤어졌지만 서로 몇 번이고 뒤를 돌아보았다.

형주에 도착한 방통은 유비를 찾아갔다. 유비가 예를 갖춰 방통을 맞이했지만 방통은 목을 숙여 간단히 인사할 뿐이었다. 그런 모습에 유비도 방통에게 적잖이 실망하고 말았다. 유비가 불퉁거리며 물었다.

"무슨 일로 여기까지 오셨소?"

"유 황숙께서 새 땅에서 새 정치를 펼치려고 널리 인재를 구한다는 소식을 듣고 혹 인연이 될까 하여 왔습니다."

"형주는 이미 안정이 된 상태고 지금은 관직도 다 찼소이다. 시골에 현령 자리를 한번 마련해 볼 테니 거기라도 괜찮다면 맡아 보시겠소이까?"

"시골 현령 말입니까? 그것도 한가로워 좋지 않을까 싶습니다."

그날 바로 방통은 작은 시골 마을로 향했다. 그는 그곳에서 일은 전혀 하지 않고 술만 마셨다. 그렇다 보니 백성들은 방통을 원망하며 비난했다. 얼마 뒤 유비에게 소식이 전해졌다.

"참으로 못난 인간이로구나."

유비는 화가 치솟아 장비에게 잘못을 바로잡고 오라고 명을 내렸다. 장비는 그길로 달려가 소리쳤다.

"방통은 어디 있느냐?"

방통이 새빨간 얼굴에 옷도 제대로 갖춰 입지 않은 채 비틀비틀 걸어 나왔다.

"내가 방통이오."

"나는 주공의 명을 받고 온 감찰사*다. 그동안 백성을 전혀 돌보지 않았다고 하던데 그게 사실이냐?"

"일이야 마음만 먹으면 아무것도 아니오. 그보다는 백성의 선한 마음은 키우고 악한 마음은 잊게 하는 게 중요하지 않소?"

"좋다. 그럼 내일 중으로 그 결과를 내게 보여라. 그럼 네 말을 믿으마."

다음 날, 장비가 다시 방통을 찾아가 보니 대문부터 큰길까지 긴 줄이 늘어서 있었다. 방통은 백성들의 논과 밭 다툼부터 물건의 거래 소송 문제를 시원스럽게 처리했다. 가족 문제나 도난 문제까지 척척 해결해 나갔다. 저녁 무렵에는 그동안 산처럼 쌓였던 일들이 한 건도 남지 않았다.

"어떻소이까, 장군?"

방통이 웃으며 묻자 장비가 엎드려 사과했다.

"내 일찍이 선생과 같은 훌륭한 관리를 본 적이 없소이다."

감찰사 벼슬아치가 일을 잘하는지 감찰하는 사람.

유비는 장비의 이야기를 듣고 깜짝 놀랐다.

"하마터면 큰 인재를 잃을 뻔했구나. 참으로 사람은 겉모습만 보고는 알 수가 없다."

그때 제갈량이 지역 시찰을 끝내고 돌아왔다.

"방통과 같은 큰 인물을 시골 마을에 보내니 시간이 남아돌아 술만 마시고 있지 않습니까? 어찌 됐든 방통 선생을 하루빨리 형주로 오게 하는 것이 좋겠습니다."

이윽고 방통이 형주로 돌아왔다.

유비는 무례를 사죄하고 제갈량과 방통에게 술을 권하며 진심으로 말했다.

"지난날 사마휘 선생께서 제게 와룡과 봉추 중 한 사람만 얻으면 천하에 이루지 못할 일이 없을 거라 말씀하셨습니다. 한데 두 분을 다 얻었으니 그저 과분할 따름입니다."

유비는 그렇게 말하고 방통에게 부군사 자리를 맡겼다. 부군사는 군사 제갈량의 오른팔로 중요한 직책이었다.

아버지의 원수를 갚으려는 마초

조조의 귀에도 방통에 관한 소식이 들어갔다.

"이제 유비는 우리 위에 가장 큰 화근이 되었다. 순유, 그대는 어찌 생각하는가?"

"그대로 내버려 둘 수도 없고, 그렇다고 당장 대군을 일으키는 것도 무리입니다. 우리 군은 적벽대전의 충격에서 아직 완전히 벗어나지 못했습니다."

조조가 고개를 끄덕이며 솔직한 마음을 털어놓았다.

"실은 나도 그 점을 가장 걱정하고 있소. 무슨 좋은 방법이 없겠소?"

"서량의 태수 마등을 불러 그가 거느리고 있는 흉노족에게 유비를 치게 하는 것이 어떨는지요?"

"그럴듯한 묘책이오."

조조는 바로 서량으로 사자를 보내 명을 내렸다.

서량은 중국 대륙 깊숙한 곳에 자리한 오지였다. 태수 마등은 키가 크고 얼굴이 늠름하고 마음이 너그러웠다. 아들이 셋인데 첫째 아들 이름은 마초, 둘째 아들은 마휴, 막내는 마철이었다.

"황제의 명령이니 가지 않으면 안 된다."

마등은 큰아들 마초를 남겨 둔 채 두 아들 마휴와 마철 그리고 조카 마대를 데리고 허창으로 출발했다. 그런데 허창에 도착해 보니 조조의 뜻이지 황제의 뜻이 아니었다.

다음 날 마등은 궁궐에 들어가 황제를 만났다.

"유 황숙은 한나라 황실의 후손이네. 그러니 한나라의 역신은 유비가 아니라 조조네. 마등, 그대는 누구를 징벌해야 한다고 생각하는가?"

황제의 눈에서 눈물이 흘렀다.

"마등, 지난날 짐이 동승과 그대에게 내린 비밀문서를 기억하고 있는가? 그때는 뜻을 이루지 못했지만, 이번에는 그대가 내 손을 잡아 뜻을 이루어 주지 않겠나?"

황제가 마등에게 부탁했다.

"반드시 황제의 뜻을 받들겠사옵니다. 부디 마음을 굳게 다잡으소서."

마등은 젖은 눈가를 사람들에게 숨기고 궁궐을 나왔다. 그런 다음 숙소에 돌아오자마자 몰래 조카를 불러 황제의 뜻을 전했다.

"지금 조조는 내게 병사들을 내어 주며 유비를 치라 한다. 이것이야말로 하늘이 내린 기회가 아니겠느냐."

마등은 조조를 치기 위한 계획을 세웠다. 하지만 이내 그 계획은 조조의 귀에까지 들어가고 말았다.

"지금 당장 마등을 사로잡아 오너라."

이윽고 조조의 부하들이 마등을 잡아 왔다. 그러자 조조가 불같이 화를 내며 마등의 목을 쳤다. 조조는 병사들을 시켜 마등의 숙소에 불을 지르고 두 아들의 목을 치게 했다. 마등의 조카 마대는 간신히 도망쳤다.

얼마 뒤 조조에게 또 다른 소식이 전해졌다.

"형주의 유비가 드디어 촉을 공격한다고 합니다."

조조는 머릿속이 복잡했다. 만약 유비가 촉을 얻으면 연못의 용이 구름을 타고 하늘로 오르는 것과 같았다. 또한 강가의 고기가 큰 바다로 나가는 것과 같았다. 위에 위협을 주는 강국이 새로 나타나는 것이다.

조조는 고민 끝에 유비가 촉을 공격하러 떠나면 반대로 오를 공격하기로 마음먹었다.

"만약 유비가 촉을 공격하는 데만 신경 쓰고 오를 돕지 않으면 쉽게 오를 손안에 넣을 수 있을 것이야."

조조는 곧바로 합비성에 있는 장료에게 오를 치라고 명했다.

한편 손권은 위의 대군이 오를 향해 오고 있다는 소식을 전해 들었다. 그는 유비에게 도움을 청하러 노숙을 형주로 보냈다.

노숙이 상황을 이야기하자 제갈량이 나서서 말했다.

"안심하십시오. 만약 위의 대군이 쳐들어온다면 이 제갈량이 그들을 격퇴할 것입니다."

노숙이 돌아간 뒤 유비는 마음이 편치 않았다.

"군사, 그렇게 큰소리를 쳐도 괜찮겠소?"

"얼마 전 서량의 마등이 허창에서 죽임을 당했다 합니다. 그의 두 아들도 화를 당했지만, 큰아들인 마초는 살아남았다고 합니다. 마초를 움직이면 위의 대군은 허창을 떠나지 못할 것입니다."

제갈량은 마초에게 편지를 보냈다.

그즈음 허창에서 도망친 마등의 조카 마대는 서량에 도착했다.

"숙부님과 동생들이 조조에게 죽임을 당했습니다. 저는 겨우 담을 넘어 이처럼 거지로 변장해 도망쳐 왔습니다."

마대가 눈물을 흘리며 소식을 전했다.

"뭐? 아버지가 살해당하셨단 말인가?"

마초는 창백한 얼굴로 하늘을 우러러 통곡했다.

며칠 뒤 마초에게 제갈량의 편지가 도착했다.

조조는 장군과는 같은 하늘 아래 살 수 없는 아버지의 원수이며, 나라를 어지럽히고 황제의 위엄을 훼손하는 간신이오. 바라건대 장군이 서량에서 들고일어나면 유 황숙께서 함께 도울 것이오.

다음 날 마등의 친구인 한수가 마초를 찾아왔다.

"자네 아버지의 원수인 조조를 칠 마음이 있다면 나도 기꺼이 돕겠네."

마침내 마초는 한수와 힘을 합해 장안성을 공격했다. 두 사람은 하룻밤 사이에 성을 점령해 버렸다.

소식을 들은 조조는 방침을 바꿔 오를 공격하러 떠난 대군을 물렸다. 그러고는 싸움 준비를 하고 직접 장안성으로 향했다. 그만큼 조조는 서량의 군대를 강하게 생각하고 있었다.

드디어 위의 군대와 서량의 군대가 만났다. 조조는 군대를 셋으로 나눈 뒤 그 가운데에 자리했다. 조조가 말을 타고 나아가자 오른쪽에 있던 하후연과 왼쪽에 있던 조인이 징과 북을 치며 기세를 올렸다.

"오랑캐의 아들아, 어디로 가려고 하느냐? 자, 어서 나오너라. 사람의 도리를 깨우쳐 주마."

조조의 외침이 건너편 서량의 진영에 울려 퍼졌다.

"마등의 아들 마초가 이제야 아버지의 원수를 만났구나. 조조야, 거기 꼼짝 말고 있어라."

"어리석은 놈. 너는 나라가 있고 나라에는 황제가 있다는 것을 모르느냐?"

"그 입 닥쳐라! 황제가 계신다는 걸 잘 알고 있다. 또 황제를 능멸하고 제멋대로 권력을 휘두르는 역적이 있다는 것도 잘 알고 있느니라."

마초가 창을 들어 올리며 고함을 쳤고 이내 서량의 병사들이 한꺼번에 위의 진영을 공격했다. 그들의 끈질긴 전투력은 조조의 병사와는 비교가 되지 않을 정도로 훌륭했다. 위의 군대는 바로 뒤로 물러나며 흩어지기 시작했다.

"이 손으로 조조의 목덜미를 붙잡아 끌고 오겠다."

마초가 도망치는 조조의 병사들 사이로 뛰어들어 조조를 찾았다.

"붉은 전포를 입은 자가 적장 조조다."

그 말을 들은 조조는 당황하며 전포를 벗어 던졌다.

"수염이 긴 자가 조조다."

그 순간 조조는 자신의 검으로 수염을 잘라 버렸다.

마초는 아버지의 원수인 조조의 목을 치지 않고는 물러서지 않겠다고 마음먹었다. 그때 부하가 마초에게 보고했다.

"조조가 수염을 자른 뒤 도망쳤습니다."

마등이 눈치챈 것을 안 조조는 깃발로 얼굴을 감싼 채 말에 채찍을 휘둘렀다.

그 뒤로 위의 군대는 오로지 수비에만 신경 쓸 뿐 아무런 움직임도 보이지 않았다.

"오랑캐 놈들이 또 강 건너편에서 욕설을 퍼붓고 있습니다. 정말 지긋지긋한 놈들입니다. 저들은 창을 잘 쓰고 용감하지만 활은 잘 쓰지 못합니다. 오직 궁수로만 싸움을 겨뤄 보는 건 어떻겠습니까?"

조조의 부하들이 넌더리를 치며 조조에게 말했다.

"싸우는 것도 싸우지 않는 것도 모두 내 마음에 달린 것이지 적에게 달린 것이 아니다. 이를 어기는 자는 엄벌에 처할 것이다. 오로지 수비에만 집중할 뿐 진영 밖으로 한 발짝도 나가서는 안 될 것이다."

조조의 속마음을 헤아리지 못한 부하들이 귀엣말을 하며 고개를

갸웃거렸다.

"아무리 마초에게 쫓겨 혼쭐이 났다고 해도 이렇게까지 소극적일 필요가 있단 말인가?"

"나이 때문일지도 모르겠소. 이번 동작대에서 열린 연회 때 보니 흰머리가 조금씩 보이는 듯했소이다. 꽃이 지듯 인간도 늙는 법 아니겠소? 그러니 세월은 거스를 수 없는 법이오."

조조가 오로지 수비에만 치중하자 마초는 한밤중에 군대를 이끌고 조조의 진영을 기습했다. 서량의 병사들이 일제히 함성을 내지르며 달려들었다. 그런데 다음 순간, 땅이 꺼져 버리고 말았다. 조조가 미리 함정을 파 놓은 것이었다.

마초는 그곳을 간신히 빠져나와 말을 잡아타고 도망쳤다. 수많은 병사를 잃은 만큼 마초의 마음에도 큰 상처가 남았다. 하지만 마초는 이에 굴하지 않고 바로 두 번째 기습을 밀어붙였다.

며칠 뒤 마초는 스스로 선두에 서고 마대를 후군으로 삼아 또다시 위의 진영을 기습했다. 이번에도 조조는 밤에 적이 기습해 올 것을 짐작하고 있었다.

서량의 군대가 길을 돌아 조조의 중군을 노리고 불시에 들이닥쳤다. 그러나 그곳에는 깃발만 있을 뿐 병사들이 없었다. 서량의 병사들이 당황하자 굉음과 함께 사방에서 복병이 나타났다.

"마초를 살려 보내지 마라."

결국 마초는 도망칠 수밖에 없었다.

그 뒤로도 서량의 군대와 위의 군대는 계속 전투를 벌였지만 좀처럼 승패가 나지 않았다. 조조가 임시로 쌓은 성에 마초가 불을 지르기도 했다. 그러자 순유가 조조에게 말했다.

"승상, 지하에 성을 만들면 어떻겠습니까?"

"그것 좋은 생각이네. 흙으로 만든 지하 성이라면 불에 타지 않을 것이다."

성을 쌓기 시작한 지 한 달이 지나자 피라미드와 같은 토성의 모습이 조금씩 드러났다. 마초는 그 성을 공격하지 않았다.

그 뒤 계속해서 비가 내렸다. 그런데 강물의 양은 좀처럼 늘지 않았다. 큰비가 내린 날 아침, 조조의 병사가 소리쳤다.

"홍수가 났다."

보름 전부터 마초가 둑을 쌓아 강물을 막고 있었던 것이다. 모래밭 위에 쌓은 조조의 토성은 하루아침에 무너져 버렸다.

그날 이후 두 군대는 숨을 죽인 채 서로를 노려보기만 했다. 어느새 시간이 흘러 겨울이 왔다.

"승상, 불과 물에 견딜 수 있는 성을 만들 방법이 있습니다. 자갈 섞인 모래흙이라도 좋으니 서둘러 성을 쌓은 다음에 곧바로 물을 끼얹어 두면 하룻밤 사이에 얼어붙을 것입니다. 한번 얼어붙으면 내년 봄까지 풀리지 않을 것입니다. 얼음으로 된 성이니 불에 타지도 않고 강물에 떠내려 갈 걱정도 없습니다."

조조는 병사들에게 성을 쌓고 물을 끼얹게 했다.

다음 날 서량의 병사들이 강 건너를 바라보고는 깜짝 놀랐다.

"저건 얼음 성이다. 하룻밤 사이에 어떻게 성을 쌓았단 말인가."

마초가 뛰어나와 손 그늘을 만들어 바라보았다.

"음, 조조의 속임수가 틀림없다. 어서 저 성을 무너뜨려야겠다."

마초는 병사들을 이끌고 강을 건넜다.

"오랑캐의 자식들이 왔구나."

조조가 말을 탄 채 나아갔다. 마초는 조조의 목을 치러 달려오려다 조조 옆에 있는 허저를 보았다. 허저는 붉은빛이 도는 얼굴에 호랑이 수염을 하고 매서운 눈으로 마초를 노려보았다.

"조조는 도망가지 말고 이 마초와 일전을 겨룰 용기가 있느냐?"

"내 곁에는 맹장 허저가 있다는 것을 모르는가 보구나. 어찌 하찮은 쥐새끼 따위를 무서워하겠느냐?"

조조의 말이 끝나자마자 곁에 있던 허저가 달려 나왔다. 마초와 허저는 창이 부러지면 다시 창을 바꾸면서까지 싸웠지만 쉽게 승패를 보지 못했다.

"허저와 맞서 싸우는 마초도 대단하지, 서량의 마초를 상대로 싸울 수 있는 사람도 허저가 아니면 없을 것이다."

양군의 병사들이 두 사람의 싸움을 보며 감탄했다.

"아, 덥구나. 이렇게 땀이 많이 나서야 눈을 뜰 수도 없다. 마초, 잠깐 기다려라."

허저가 갑옷과 전포를 벗어 던지고 맨몸으로 나타났다. 그사이에 마초는 땀을 닦으며 한숨 돌리고 있었다.

허저가 다시 달려들자 마초는 재빨리 창을 휘두르며 맞섰다. 그

러고는 몸을 돌려 허저의 가슴 쪽을 노리고 맹렬히 찔렀다. 허저는 급히 옆으로 피하며 칼을 땅에 던지고는 마초의 창을 잡아 옆구리에 끼었다. 그 순간 조조가 퇴각 명령을 내렸다.

허저가 물러섰고 마초도 병사들을 이끌고 진지로 돌아갔다.

저녁 무렵 서량의 병사들이 마초에게 소식을 전했다.

"어젯밤부터 위의 대군이 새 진지를 만들고 있다고 합니다."

곁에 있던 한수가 깜짝 놀라 마초에게 말했다.

"잠시 조조와 화해한 뒤 겨울 동안 계책을 세우고 봄에 다시 공격하는 게 어떻겠소?"

다음 날 마초는 조조에게 편지를 보내 화해를 청했다. 조조는 편지를 읽은 뒤 부하들과 이야기를 나누었다.

"거짓임이 분명합니다. 그렇다 해도 거부하는 것 또한 좋지 않습니다. 화해를 한 뒤 방법을 찾아야 합니다."

"그 방법이 무엇인가?"

"마초가 강한 것은 한수와 힘을 합했기 때문입니다. 둘 사이를 이간질하여 멀어지게 하면 서량의 군대를 이길 수 있을 것입니다."

회의가 끝나고 조조는 마초에게 화해를 받아들이겠다는 답장을 보냈다. 약속한 날이 되자 조조는 의관*을 갖추고 화친 조약을 맺기 위해 성을 나섰다.

서량의 병사들은 조조의 화려한 모습을 보며 신기한 것이라도 본

의관 옛날 남자가 정식으로 갖춰 입은 옷차림.

듯 웅성거렸다. 그러자 금관을 쓰고 은포를 입은 조조가 웃으며 말했다.

"마치 나를 진귀한 것이라도 보듯 바라보는구나. 하지만 나는 눈이 네 개도 아니고 입이 두 개도 아니다. 단지 조금 더 슬기롭고 뛰어날 뿐이다."

조조가 농담을 했지만 서량의 병사들은 웃지 않았다. 오히려 조조의 웃는 얼굴에 겁을 집어먹은 듯 모두 입을 다물고 말았다.

며칠 뒤 조조는 한수에게 편지를 보냈다.

그대의 부친은 내 아저씨뻘이며 그대와 나는 오래전에 역사와 병법을 논하고 나라를 위해 일하자고 함께 맹세한 벗이었소. 그런데 어느새 적이 되어 창과 활을 겨누었지만 옛정을 하루라도 잊은 적이 없었소. 이제라도 화친을 맺어 다행이오. 바라건대 벗이여, 나를 한번 찾아와 주길 바라오.

"조조도 옛날 일을 잊지 않고 있었구나."

한수는 갑옷도 입지 않고 병사도 없이 홀로 조조를 찾았다.

"지난날 허창에 있을 때에는 종종 책을 논하기도 하고 꽃을 찾아 놀기도 했는데 장군도 이제 중년이 되고 말았구려."

"승상도 변하셨습니다. 머리에 흰머리도 보입니다."

"하하하, 다시 태평 시절을 얻어 그 옛날 동심으로 돌아가고 싶구려."

조조와 한수가 만난 일은 곧바로 마초에게 전해졌다. 마초는 한수의 진영으로 몰래 병사를 보내 감시하게 했다.

"오늘 저녁에도 조조의 부하가 한수에게 편지를 전하고 떠났다 합니다."

병사에게 보고를 받은 마초가 저녁도 먹지 않고 한수를 찾아갔다.

"술이나 한잔할까 해서 왔습니다."

마초가 자리에 앉아 술을 한 잔 마신 뒤 한수에게 물었다.

"조조에게는 아무 연락도 없었는지요?"

"그렇지 않아도 편지를 한 통 받았다네. 근데 무슨 뜻인지 도무지 알 수 없는데 자네가 한번 보게나."

마초는 대답도 없이 물끄러미 편지를 바라보았다. 문장도 불분명하고 군데군데 흘려 쓰거나 덧쓴 것으로 보아 내용이 의심스러웠다. 마초는 편지를 등불에 비춰 보았다.

"설마 장군께서 저를 조조에게 넘길 생각은 아니겠지요?"

한수는 고개를 내저었다.

"나를 의심하다니! 내일 내가 조조를 찾아가 이야기를 나누면, 자네는 숨어 있다 조조를 치게나. 그러면 나에 대한 의심이 저절로 풀어질 게 아닌가."

"분명 그리하겠습니까?"

한수는 다음 날 바로 조조를 찾아갔다. 조조는 한수가 왔다는 연락을 받고 조인과 귓속말을 나누었다. 그러고는 일부러 조인을 내보내 한수를 만나게 했다.

"어젯밤에 보내 주신 답장에 감사드립니다. 승상도 지극히 기뻐하고 계십니다. 하지만 들키면 위험하니 마초가 눈치 채지 않도록 조심하십시오."

조인은 말을 끝내자마자 훌쩍 자리를 떴다. 뒤편에 숨어 있던 마초는 한수를 더욱 의심할 수밖에 없었다.

한수는 자신의 진영으로 돌아와 부하들에게 마초에 대한 이야기를 했다.

"마초는 이미 장군을 의심하며 죽이려고 합니다. 그러니 조조에게 항복하는 게 방법입니다."

부하들의 의견을 듣고 한수의 마음도 조금씩 바뀌기 시작했다. 그날 밤 한수는 은밀히 조조에게 편지를 보냈다. 그러자 조조가 계책 하나를 적어 답장을 보냈다.

내일 밤 마초를 불러 술자리를 벌인 뒤 마른 잡목을 쌓아 불을 지르시오. 그 불을 보고 나는 재빨리 군사를 이끌고 가서 마초를 사로잡을 것이오.

이튿날 한수는 마초를 초대했다. 그런데 마초는 안으로 들어서자마자 칼을 빼들고 소리쳤다.

"반역자 한수, 꼼짝 말아라."

한수는 창을 들 여유가 없어 왼쪽 팔을 들어 마초의 칼을 막았다. 마초의 칼은 한수의 왼팔을 잘라 냈다. 그때 위의 군대가 쏜살

같이 달려왔다.

"마초를 잡아라!"

마초는 위의 군대와 힘껏 싸웠다. 창이 부러지면 적의 창을 빼앗아 휘둘렀다. 힘이 빠질 때면 마음을 다잡고 다시 용기를 냈다. 그때 서북쪽에서 마대가 달려왔다. 두 사람은 힘을 합해 위의 군대를 멀리 쫓았다. 그러고는 제대로 잠도 자지 못하고 먹지도 못하고 오로지 서량을 향해 도망쳤다.

촉으로 들어간 유비

그 즈음 한중 지방의 백성들은 이상한 종교에 빠져 있었다. 그 종교는 쌀을 다섯 되 바쳐야 해서 '오두미교'로 불리기도 했다. 언제부턴가 오두미교를 믿었더니 앉은뱅이가 일어섰다거나 대문에 오두미교의 부적을 붙였더니 신기하게 도둑이 들지 않았다는 이야기가 떠돌았다. 그 오두미교를 만들고 널리 보급한 사람이 바로 장로였다.

"불쌍한 백성들이여, 모두 나를 따르라. 내가 너희의 고난을 모두 사라지게 해 주겠다."

그만큼 백성이 살기 어려운 시대였다. 사방을 둘러봐도 온전히 가정을 이루고 평안한 날을 보내는 사람이 없었다. 무식하고 희망이 없었던 백성들은 장로야말로 하늘이 내린 사람이라고 믿었다.

궁궐에서도 한중의 도교에 관한 이야기를 전해 들었지만 너무 먼 곳에 있어 관리를 할 수 없었다. 그런 탓에 오히려 교주인 장로에게 관직을 내리고 해마다 공물을 바치게 했다. 그렇게 해서 오두미교는 궁궐에서도 인정한 종교가 되었다.

그러한 상황이다 보니 장로는 부하들과 뜻을 모아 촉을 공격하기로 결심했다.

촉으로 가는 길은 양자강을 가로막고 있는 험준한 세 협곡을 벗어나 한참을 거슬러 올라가야 했다. 배를 타고 그 강을 며칠 동안 가야만 다다를 수 있다. 촉은 곡식과 목재가 풍부하고 날씨도 따뜻했지만 교통이 불편했다. 북쪽으로 가려면 험한 봉우리와 산길을 넘어야 하고 남쪽은 파산 산맥이 가로막고 있었다. 관중으로 나오는 길도 간신히 사람과 말이 지날 수 있을 정도로 좁고 험했다. 그렇다 해도 이제 촉은 더는 동떨어진 채 살아가는 별천지가 아니었다.

"한중의 장로가 공격해 온다는데, 어찌해야 하겠는가."

촉의 태수 유장은 게으르고 나약했다.

"제가 장로의 군대를 물리치겠습니다. 너무 걱정하지 마십시오."

"아, 장송이 아닌가. 그대는 얼마나 자신이 있어 그리 큰소리를 치는가?"

장송은 키가 작고 코가 삐뚤어지고 뻐드렁니로 볼품없게 생겼지만 목소리만은 우렁찼다.

"백만의 병사를 움직이는 것은 한 사람의 마음입니다. 그 한 사람인 조조의 마음을 움직여 보겠습니다."

유장은 곧바로 장송을 허창으로 보냈다.

장송은 떠나기 전 화가를 불러 두루마리에 촉의 사십일 주를 자세히 그리게 했다. 사십일 주에 걸쳐 있는 촉의 산천 계곡과 마을,

배와 말의 분포, 산물의 집산지 등을 꼼꼼히 담았다.

"이것을 펼쳐 보면 촉을 직접 보지 않고도 한눈에 파악할 수 있겠구나. 아주 잘 그렸다."

장송은 수많은 험한 산과 계곡을 넘어 허창으로 향했다. 그때 조조는 서량의 마초를 물리치고 허창으로 돌아와 있었다. 그의 기세는 하늘 높이 솟아 바야흐로 세상은 조조의 것이나 마찬가지였다.

조조가 불쾌한 표정으로 장송에게 물었다.

"촉은 어찌 매년 공물을 바치지 않는가?"

"촉의 길이 험준하다 보니 도중에 도적의 무리가 많아 공물을 보낼 방법이 없습니다."

"내가 각 지역을 잘 다스리는데 어찌 도적의 무리가 있다고 하느냐?"

"아닙니다. 한중에 장로가 있고 형주에 유비가 있으며 강남에는 손권이 있습니다. 거기에 더해 산속에는 도적 떼가 얼마나 많은지 모릅니다."

조조는 화를 버럭 내며 자리를 박차고 나갔다.

"멀리 촉에서 와서는 승상의 비위를 상하게 하다니 참으로 어리석군. 불호령이 떨어지기 전에 어서 촉으로 돌아가시오."

조조의 부하들이 엄하게 꾸짖자 장송이 삐뚤어진 코로 코웃음을 쳤다.

"승상의 신하들은 다들 거짓말을 잘하시나 봅니다. 우리 촉에는 그런 간사한 아첨꾼이 없소이다."

"뭣이? 우리보고 아첨꾼이라고?"

조조의 부하 중 양수가 나서서 장송을 끌고 나갔다.

"이보시오, 어찌 자꾸 승상과 신하들을 욕보이는 것이오?"

"하하하, 제가 알기로 승상은 공자와 맹자도 깨우치지 못했다고 들었습니다."

"아니오. 그것은 공이 멀리 살아 잘못 알고 있는 것이오. 승상은 틈틈이 붓을 들어 병법을 기록한 《맹덕신서》라는 책도 쓰셨소."

양수는 서고에서 《맹덕신서》를 꺼내 장송에게 건넸다. 그것을 훑어본 장송이 웃으며 말했다.

"우리 촉에서는 세 살배기 아이도 다 외는 내용이오. 그런 것을 《맹덕신서》라 칭하며 사람들을 현혹시키다니……."

"무슨 말이오? 그럼 이 책이 전부터 있었다는 것이오?"

"춘추전국시대에 이미 이와 똑같은 저서가 나왔습니다. 누가 썼는지 모르는 탓에 승상이 그대로 옮겨 적은 것이지요. 마치 자신이 직접 쓴 것처럼 꾸미다니요. 참으로 어처구니없는 일이 아닐 수 없소이다."

"그건 그렇다 쳐도 세 살배기 아이가 이리 어려운 책을 왼다는 것은 터무니없는 말이오. 허풍이 너무 심한 게 아니시오? 거짓이 아니라면 공이 한번 외워 보시오?"

"좋소이다. 그럼 잘 들어 보십시오."

장송은 가슴을 펴고 무릎에 손을 얹고 《맹덕신서》를 처음부터 끝까지 한 자도 틀리지 않고 외웠다.

양수는 깜짝 놀랐다. 그러고는 급히 자리에서 내려와 장송에게 공손하게 절을 올렸다.

"참으로 놀랐습니다. 승상께 말씀을 올려 다시 한 번 뵐 수 있도록 청하고 오겠습니다."

양수는 흥분한 얼굴로 조조에게 갔다.

"장송에게는 바다를 움직이고 강을 거꾸로 흐르게 할 재주가 있습니다. 승상께서 지으신 《맹덕신서》를 단 한 번 보고는 외워 버렸습니다. 그뿐 아니라 《맹덕신서》는 춘추전국시대 이름 없는 선비가 지은 것으로 촉에서는 어린아이도 다 알고 있다고 했습니다."

양수는 장송을 조금 과장되게 칭찬했다. 아직 젊어서인지 승상이 어떤 표정으로 자신의 마지막 말을 듣고 있는지 알아차리지도 못하고 과하게 칭찬을 해 댄 것이다.

"우리 중국 문화에 대해 눈이 어두운 시골 사신에 지나지 않을 뿐이다. 내일 그자에게 대군이 훈련하는 모습을 보여 주리라."

다음 날 장송은 양수의 안내를 받아 병사들이 훈련하는 곳으로 갔다. 그야말로 위의 군대는 웅장했다.

"어떠한가? 촉에도 이런 군대가 있는가?"

조조가 목소리를 내리깔며 묻자 장송이 살짝 웃어 보였다.

"없습니다. 촉은 학문과 도덕으로 백성을 다스리다 보니 군대가 필요하지 않았습니다."

옆에 있던 양수는 또 조조의 마음이 상할까 봐 조바심이 났다.

역시나 조조가 성난 얼굴로 소리쳤다.

"장송! 지금 그대는 촉에 군대가 필요 없다고 말했다. 만약 내가 촉을 공격하면 어찌하겠느냐? 모두 쥐새끼처럼 도망쳐 숨는 재주를 자랑하겠느냐?"

"하하하, 무슨 말씀이십니까? 승상께서는 지난날 복양에서 여포에게 이용당하고 완성에서 장수와 싸우다 도망가셨잖습니까? 또 적벽에서 주유를 두려워하고, 화용산에서 관우를 만나 사정하여 목숨을 지키지 않으셨습니까? 아, 얼마 전에는 수염을 자르고 전포를 벗어 던져 간신히 도망치셨지 않습니까? 몇백만 군사를 이끌고 촉을 공격해도 촉의 지형과 병사들을 당해 내지 못하실 겁니다. 그러니 촉의 아름다운 풍경을 보고 싶으시면 언제든 놀러 오십시오. 그러면 두 번 다시 동작대로 돌아갈 날이 없으실 듯합니다."

조조는 버럭 화를 내며 다시 외쳤다.

"무례한 놈. 저자의 목을 친 뒤 소금 통에 절여 촉으로 보내도록 하라."

그러자 양수를 비롯해 순욱까지 조조를 말렸다. 다행히 장송은 곤장을 흠씬 두들겨 맞고 쫓겨났다.

"내 촉을 떠나올 때 큰소리쳤는데 이렇게 허무하게 돌아갈 수 없다."

장송은 새벽녘에 아무도 모르게 형주로 향했다.

장송이 온다는 소식을 듣고 유비, 제갈량, 방통은 일찍부터 마중을 나와 있었다.

"선생에 관한 이야기를 많이 들었는데 저 멀리 구름과 산이 가로막고 있어 가르침을 얻지 못했습니다. 그러던 중 촉으로 돌아가시는 중이라는 얘기를 듣고 이렇게 간절히 기다리고 있었습니다."

"이 초라하고 가난한 객을 위해 이렇게 몸소 나와 주시니 과분할 따름입니다."

조조 앞에서는 함부로 했던 장송도 유비 앞에서는 예를 갖추었다.

유비는 장송을 성안으로 안내한 뒤 극진하게 대접했다.

"지금 황숙께서 다스리는 땅이 형주를 중심으로 몇 주나 되는지요?"

"모두 빌린 땅입니다."

"오로지 덕이 있는 사람만이 백성을 편하게 할 수 있을 것입니다. 황숙께서는 한나라 황실의 후손으로 덕을 갖추고 계시니 황제에 오르신다 한들 아무도 비난하지 않을 것입니다."

"과찬이십니다. 어찌 제게 그와 같은 일을 해낼 덕이 있겠습니까?"

유비는 그저 온화한 얼굴로 고개를 내저었다.

장송이 형주에 머문 지 사흘이 지났지만 그동안 단 하루도 불쾌한 일이 없었다. 장송은 촉으로 떠나기 전 유비와 작별 인사를 나누었다.

"요 사흘간, 아침저녁으로 은혜를 입고 아무런 보답도 못하고 떠나니 참으로 부끄럽습니다. 하지만 황숙을 위해 한마디 말씀을 올리자면 형주 땅은 절대로 황숙이 오래 머물기에 알맞은 곳이 아닙니

다. 남으로는 손권이 있고 북으로는 조조가 있으니 형주를 노리는 범이 웅크리고 있는 형상입니다."

"저도 그것을 모르는 게 아니지만 몸을 둘 곳이 없으니 어찌하겠습니까."

"부디 촉을 눈여겨보십시오. 험하다고는 하나 협곡과 물을 넘으면 기름진 들판이 있습니다. 만약 촉을 취하면 앞으로 큰 뜻을 이루는 데 그보다 더 좋은 땅은 없을 것입니다."

"그만두시지요. 촉에는 유장이 있는데 어찌 제가 촉을 침범할 수 있겠습니까."

"유장은 사람은 선하나 어리석고 나약한 태수입니다. 결코 이 혼란한 시대를 이겨 나갈 수 있는 군주가 아닙니다. 이대로라면 당장 내일이라도 한중의 장로가 쳐들어와 오두미교를 전파할 것입니다. 제가 허창으로 간 건 조조에게 촉을 취하게 하여 장로의 침략을 막고 백성들을 보호하려 했던 것입니다. 그런데 조조의 사람됨을 보고는 생각을 바꾸었지요. 유 황숙, 부디 백성을 위해 큰 뜻을 품으십시오."

장송은 촉을 떠나올 때부터 지니고 있던 촉의 사십일 주가 그려진 두루마리를 꺼내 건넸다.

"보십시오. 촉의 지도입니다."

"아, 참으로 자세히 그린 지도로군요. 하늘에서 한눈에 내려다보는 듯합니다."

유비는 지도에서 눈길을 떼지 못했다.

"황숙, 한시라도 빨리 마음을 정하십시오."

장송은 그렇게 말하고 형주를 떠났다.

장송은 촉으로 돌아가 유장에게 조조와 유비를 만난 이야기를 전했다.

"앞으로 형주에 있는 유 황숙에게 도움을 청하십시오. 그는 주군과 친족일 뿐 아니라 성품이 인자해 많은 사람에게 존경을 받고 있습니다."

유장은 장송의 말에 따라 유비에게 도움을 청하는 편지를 보냈다. 얼마 뒤 유장에게 편지를 받은 유비는 고민에 빠졌다.

"이제까지 나는 조조와 반대로 싸웠소. 조조가 폭력을 행하면 나는 인정을 베풀고 그가 거짓을 앞세우면 나는 진심을 앞세웠소. 그런 내가 유장을 속이는 게 괴로울 따름이오. 내가 촉으로 들어가면 유장은 자리에서 물러나야 할 것이오."

유비의 말에 방통이 대답했다.

"불이 난 곳에서 예법만 따르면 한 발도 나아갈 수 없습니다. 어려움에 처한 백성을 생각해서라도 움직이셔야 합니다. 주군께서 촉에 들어가지 않으면, 다른 자가 촉을 취할 것입니다."

비로소 유비의 마음이 움직였다. 하지만 형주를 지키는 일도 무엇보다 중요한 일이었다. 촉으로 떠난 뒤 그 틈을 노려 오의 손권과 위의 조조가 공격해 오지 못하게 미리 대비를 해야 했다. 유비는 형주를 제갈량에게, 양양의 경계를 관우에게, 강릉을 조운에게, 강변의 네 지역을 장비에게 맡기고, 방통과 함께 촉을 향해 나아갔다.

유비의 군대는 험한 산과 강을 건너 마침내 촉에 들어섰다. 유장의 명을 받고 마중 나온 촉의 병사들이 유비를 성안으로 안내했다.

"세상은 변해도 종친의 피는 이렇게 세상에 남아 만나게 되니 어찌 기쁘지 않겠습니까. 형제가 힘을 합쳐 다시 한나라 황실의 번영을 이루도록 합시다."

유비가 눈물을 흘리며 말하자 유장도 힘을 얻어 유비의 손을 잡았다.

"이제 촉도 외부로부터 침략당할 걱정이 없어졌습니다."

유비가 돌아간 뒤 촉의 장군들이 유장에게 말했다.

"유비에게 두 마음은 없을지 모릅니다. 하지만 그의 부하들은 모두 촉을 노리고 있습니다. 어떻게든 핑계를 대어 유비의 군대를 물리는 것이 어떠하신지요?"

"그처럼 의심할 필요가 없다. 그대들은 굳이 친족 사이에 싸움을 부추길 것인가?"

유장이 불편한 심기를 드러냈다. 촉의 장군들은 유비의 군대를 경계하기 위해 부수관에 진을 치고 지켜만 볼 수밖에 없었다.

그러던 어느 날, 한중의 장로가 병사들을 이끌고 쳐들어왔다. 유장은 급히 유비에게 도움을 청했고, 유비는 조금도 주저하지 않고 장로의 군대와 싸웠다.

그 소식은 오의 손권에게도 전해졌다.

"유비가 드디어 야심을 드러내는구나. 이 기회에 형주를 되찾아 와야겠다."

손권의 말에 장소가 대답했다.

"군대를 몰고 가서 싸우면 국태 부인께서 가만 계시지 않을 것입니다. 그러니 아가씨에게 어머니가 위독하다고 전해 아가씨와 유비의 아들 아두를 데리고 오는 것입니다. 그런 다음 아두를 인질로 형주를 돌려 달라고 하시면 됩니다."

손권은 동생 손 부인에게 편지를 쓴 다음 몰래 부하를 형주로 보냈다.

"갑자기 어머니가 편찮으시다니요?"

손권의 편지를 읽고 난 손 부인은 손을 부들부들 떨었다.

"어서 빨리 오로 가셔야 합니다. 국태 부인께서 아가씨의 이름을 밤낮으로 부르고 계십니다. 또한 아두 도련님도 보고 싶어 하시니 이번 기회에 함께 데려가시는 게 좋겠습니다. 하지만 군사가 아시면 절대 허락하지 않을 테니, 밤에 몰래 떠나시지요."

손 부인은 밤이 되기를 기다렸다가 다섯 살 난 아두를 품에 안고 성을 빠져나왔다. 그런데 배에 몸을 실으려고 할 때 조운이 나타나 소리쳤다.

"부인, 군사는 주군을 대신해 성을 지키고 계십니다. 그런 군사께 아무 말씀도 없이 어디를 가시는 겁니까?"

조운이 눈을 번뜩이며 물었다. 그 목소리에 손 부인의 품에 안겨 잠들어 있던 아두가 울기 시작했다.

"오에 계신 어머니가 많이 아프셔서 군사와 상의할 시간도 없이 서둘러 나온 것이오."

"그러시다면, 아두 공자님은 어찌 데려가십니까? 공자님을 내주시지요."

조운의 말에 손 부인이 눈을 치켜뜨며 쏘아붙였다.

"장군은 어찌 남의 집안일에 간섭을 하는 것이오."

"부인께서 오로 돌아가시는 것은 말리지 않겠지만 아두 공자님을 나라 밖으로 데리고 가시는 것만은 두고 볼 수 없습니다."

"나라 밖이라니! 오와 형주는 경계만 있을 뿐 황숙에게는 처가가 아니오."

"무슨 말씀을 하셔도 공자님은 보내드릴 수 없습니다. 제게 주시지요."

조운은 조금도 주저하지 않고 부인의 품에서 아두를 빼앗았다. 손 부인은 할 수 없이 홀로 오의 배를 타고 떠났다.

조운에게 보고를 받은 제갈량이 안도의 한숨을 쉬며 말했다.

"다행이오. 참으로 다행이오. 무사히 공자님을 되찾은 것은 그대의 공이오."

제갈량은 곧장 촉의 유비에게 편지를 써서 상황을 전했다.

7

낙봉파에서 죽음을 맞이하다

마침내 손 부인이 오로 돌아왔다. 하지만 손권은 동생에게 쌀쌀 맞게 대했다.

"왜 아두를 데려오지 않았느냐?"

"그보다 어머니는 좀 어떠신지요?"

"아주 건강하시다."

"예? 건강하시다니요?"

"직접 가서 뵈어라."

손권은 의아해하는 동생을 뒤로하고 바로 관청으로 가 병사들에게 선포했다.

"내 여동생이 유비가 없을 때 그의 부하에게 쫓겨나 오로 돌아왔다. 이제 오와 형주는 아무런 관계가 없다. 곧바로 형주를 공격하러 떠날 것이다."

그때 조조가 사십만 대군을 이끌고 남쪽으로 내려오고 있다는 소식이 전해졌다. 또한 오의 원로 신하인 장굉이 숨을 거뒀다는 소식도 전해졌다.

손권은 부하에게 장굉의 유서를 건네받았다. 장굉은 오의 수도를 말릉으로 옮겨야 한다는 유언을 남겼다.

"장굉이야말로 충성스러운 신하다. 그와 같은 충신의 유언을 어찌 따르지 않을 수 있겠는가."

손권은 곧바로 수도를 말릉으로 옮기고 건업으로 이름을 바꾸었다.

그즈음 위의 대군이 산을 넘고 강을 건너 오로 내려오고 있었다. 얼마 뒤 위의 대군은 안휘성에 들어가서 이백 리에 걸쳐 진을 쳤다. 조조는 산에 올라 저 멀리 오의 포진을 살폈다.

"과연 오는 남쪽의 강국이구나. 사기가 저러하니 마음을 놓을 수 없다. 그대들은 적벽의 실패를 두 번 다시 반복해서는 안 될 것이다."

그 순간 함성이 일더니 갈대밭에서 작은 배가 수없이 나타났고, 오의 군대가 위의 군대를 향해 돌진해 왔다.

"적벽의 패장, 아직도 살아 있구나."

푸른 눈에 자줏빛 수염을 기른 손권이 창을 휘두르며 쏜살같이 달려왔다.

"나는 황제의 명을 따르지 않는 자를 벌하라는 명을 받고 온 황제의 군대다."

조조가 맞섰다.

"황제의 명을 거짓으로 이용하다니! 절대 용서하지 않겠다."

조조는 젊은 손권을 당해 낼 수 없었다. 결국 그날 싸움은 위의 패배로 끝나고 말았다.

조조가 물러난 뒤 손권은 더욱더 자신감이 넘쳤다.

"조조는 무서워서 돌아갔고, 유비는 지금 촉에 있다. 이때를 놓치지 말고 형주를 공격해야 할 것이다."

손권이 장수에게 말했다.

"촉의 유장에게 유비가 촉을 공격해 달라고 부탁했다는 편지를 보내십시오. 그런 뒤 한중의 장로에게 무기와 식량을 대 주고 유비를 괴롭게 한 다음 형주를 공격하는 것이 가장 좋은 방법인 듯합니다."

손권은 장수의 계획대로 유장과 장로에게 편지를 보냈다.

한편 유비는 촉을 대신해 장로와 싸우고 있었다. 하지만 서로 공격하지도 못하고 물러서지도 않는 상황이었다. 그러던 중 위와 오가 싸우고 있다는 소식을 전해 들었다.

"조조가 이기면 곧바로 형주를 집어삼킬 테고, 손권이 이기면 그 기세로 형주를 차지하려 할 것이오."

유비가 한숨을 내쉬자 방통이 의견을 내놓았다.

"오히려 지금 상황을 이용해 촉의 유장에게 편지를 보내십시오. 오의 손권이 형주에 도움을 청해 왔으니, 병사와 무기를 지원해 달라고 말입니다."

유비는 방통의 말대로 유장에게 편지를 보냈다.

유장은 유비의 편지를 먼저 받았고 유비에게 늙어서 싸울 수 없는 병사 사천 명과 낡아서 쓰지도 못하는 무기들을 보냈다. 그러자 유비는 유장이 보낸 사자 앞에서 유장의 답신을 찢어 버렸다.

"우리는 멀리까지 와서 촉을 위해 싸우는데 얼마 되지도 않는 병사와 무기가 아까워 이런 쓰지도 못하는 것들만 보내는 것은 무슨 경우란 말인가."

유장의 사자가 허둥지둥 돌아간 뒤 방통이 말했다.

"화를 낼 줄 모르는 분이 이토록 화를 내시다니……."

"가끔은 화를 낼 필요도 있는 듯하오. 그런데 이제 어떻게 하면 좋겠소?"

"거짓으로 형주로 돌아간다고 하면 유장의 부하들이 기뻐하면서 올 것입니다. 그때 그들의 목을 치고 곧바로 부수관을 점령해 부성을 차지하는 것입니다."

방통의 말대로 유비가 떠난다는 이야기를 들은 유장의 부하들은 속으로 환호성을 외쳤다. 유비를 촉까지 데려온 장송만 혼자 애를 태웠다.

장송은 집에 돌아오자마자 유비에게 편지를 썼다. 지금 형주로 가면 모든 일이 물거품이 되니 군대를 이끌고 촉으로 돌아오라는 내용이었다.

그때 장송의 형인 장숙이 술을 가지고 찾아왔다. 장송은 당황해하며 편지를 소매 안에 숨겼고 두 사람은 취할 정도로 술을 마셨다. 장송이 화장실에 다녀온 사이 장숙은 급히 돌아가 버렸다.

날이 밝자 장송의 집에 유장의 부하들이 들이닥쳤다.

"나라를 팔아먹은 대역죄를 저지르다니!"

장송은 그 자리에서 목이 떨어지고 말았다. 어젯밤 장송이 술에 취해 편지를 떨어뜨렸는데 그 편지를 본 장숙이 동생을 고발했던 것이다.

다음 날 유장의 부하들이 유비를 찾아왔다.

"형주로 돌아가시는 유 황숙께 술과 안주를 드리려고 찾아왔습니다."

유비는 그들을 맞아들이고 술자리를 마련했다. 그런데 술잔이 오가기 전 방통이 소리쳤다.

"자객들은 꼼짝 말거라."

술자리에 있던 유장의 부하들은 그 자리에서 목이 떨어졌다.

방통은 유장의 병사를 포로로 삼아 부수관으로 향했다. 그렇게 유비의 군대는 피 한 방울 흘리지 않고 부성을 점령했다.

촉은 유비가 부성을 손에 넣었다는 소식을 듣고 혼란에 빠졌다.

"이런 일이 일어날 줄은 꿈에도 생각지 못했구나."

"너무 걱정하지 마십시오. 저희가 유비의 군대를 막겠습니다."

유장은 부하들에게 모든 것을 맡길 수밖에 없었다. 유장의 부하들은 둘로 나뉘어 한쪽은 성을 지키고, 또 다른 한쪽은 유비의 군대를 공격할 준비를 했다.

소식을 들은 유비가 부하들에게 물었다.

"누가 그들을 제압하러 나갈 것이오?"

노장 황충이 나서며 대답했다.

"제가 나가겠습니다."

황충의 말이 채 끝나기도 전에 위연이 끼어들었다.

"황 장군은 나이가 너무 많습니다. 첫 싸움은 무엇보다 중요하니 젊은 제가 나가겠습니다."

"그대가 가장 먼저 공을 세우고 싶어 하는 마음은 잘 알겠으나 이 황충을 쓸모없는 인간으로 취급하는 건 매우 불쾌한 일이오. 노장이라고 젊은 자를 감당하지 못한다는 법은 없소. 오히려 그대처럼 단지 젊다는 것 하나만 믿고 나서는 자가 더 위험한 법이오."

황충이 불같이 화를 냈다.

"말씀이 지나치시오. 그렇다면 지금 주군 앞에서 누구의 힘이 더 센지 가려 봅시다."

황충과 위연이 칼을 들고 싸우려 하자 유비가 두 사람을 말렸다.

"지금 촉의 군대는 두 군데로 나뉘어 있으니 각각 한쪽씩 맡아 싸우시오."

황충과 위연은 병사를 이끌고 촉의 군대를 향해 돌진했다. 그러다 위연은 갑자기 길을 바꿔 황충이 가야 할 길로 들어섰다. 황충보다 먼저 공을 세우고 싶었기 때문이다.

"적은 아직 안개 속에서 잠을 자고 있다. 단숨에 제압하라."

위연의 군대가 촉의 군대를 습격했지만 촉의 군대는 미리 준비를 하고 있었다. 산길에도 병사를 숨겨 놓았기 때문에 위연은 싸움을 포기하고 도망쳤다. 촉의 병사들은 위연을 향해 활을 쏘고 창을 던

졌다. 바로 그때 노장 황충이 활을 들고 나타났다.

"황충이 여기에 있으니 위연은 굴하지 말라."

위연은 황충 덕분에 위험에서 벗어날 수 있었다. 하지만 황충은 위연을 용서할 수 없었다. 진영으로 돌아온 황충이 유비에게 말했다.

"위연은 명을 어겼습니다. 그 죄를 벌하지 않으면 군기가 흐트러질 것입니다."

"위연을 부르라."

이윽고 위연이 들어와 유비 앞에 엎드렸다.

"황 장군이 그대의 목숨을 구해 줬다고 들었다. 내 앞에서 황 장군에게 감사 인사를 드려라."

"장군이 아니었으면 저는 죽었을지 모릅니다. 깊이 감사드립니다. 또한 젊다는 것만 믿고 진로를 무시하고 스스로 위험을 만들었습니다. 오로지 주군의 은혜에 보답하고자 한 것이니 부디 용서해 주십시오."

위연은 황충을 향해 무릎을 꿇고 머리를 숙였다.

황충은 아무 말도 하지 못했다.

유비의 진영에 제갈량이 보낸 편지가 도착했다. 유비는 편지를 읽고 또 읽었다. 그 모습에 방통은 자기도 모르게 질투가 났다.

"선생, 제갈량이 날마다 나를 걱정하는 것 같소. 올해는 멀리 나가 싸우는 게 좋지 않다고 하고 내게 안 좋은 일이 생길 수도 있으니, 부디 몸조심하라고 적혀 있소. 조만간 형주로 돌아가 제갈량을 만날까 하오."

"어찌 여기서 멈추시려 합니까. 제갈량이 보낸 편지에 마음이 흔들리시면 안 됩니다."

방통의 말에 유비는 다음 날 다시 전쟁터로 향했다. 그러고는 장송에게서 받은 촉의 사십일 주가 그려진 두루마리를 펼쳤다.

"두 편으로 나눠 갑시다. 선생은 북쪽 길로 진군하시오. 나는 남쪽에서 산맥을 넘어갈 테니 낙성에서 만납시다."

유비의 말에 방통은 못마땅한 표정을 지었다. 북쪽 산길은 넓고 험하지 않지만, 남쪽 산길은 좁고 험했기 때문이다. 유비가 방통의 얼굴을 살피며 덧붙였다.

"어젯밤 꿈에 신령이 나타나 내 오른쪽 어깨를 때렸소. 그런데 꿈에서 깬 아침까지도 어깨가 아프지 뭐요. 그래서 선생이 걱정되어 그리한 것이오."

다음 날 아침, 방통이 타던 말의 오른쪽 앞다리가 부러졌다. 그 바람에 방통까지 말에서 굴러 떨어졌다. 유비는 불안한 마음이 들었다. 출정을 앞두고 그런 일이 생긴 것은 절대 좋은 징조가 아니었기 때문이다. 그래서 유비는 자신이 타던 백마의 고삐를 잡아끌고 와 방통에게 말했다.

"선생, 이 말을 타시오. 이 말이라면 앞으론 그런 일이 절대 없을 것이오."

방통은 너무 감격한 나머지 눈물을 흘렸다. 그는 유비에게 절을 올린 뒤 백마를 타고 북쪽으로 향했다.

한편 촉의 장군들은 유비의 군대가 남북 두 길로 나뉘어 온다는 보고를 받고 병사들을 산길에 숨겨 놓았다.

"적군들이 백마를 탄 적의 대장과 함께 땀을 뻘뻘 흘리며 이곳으로 올라오고 있습니다."

그 말을 들은 촉의 장군들이 무릎을 치며 기뻐했다.

"백마에 탄 자가 바로 유비다. 이곳으로 가까이 오면 오로지 백마만을 노려 활을 쏘아라."

방통의 군대는 벌과 모기에 쏘이며 열 발짝 걷고 숨 한 번 쉬고 스무 발짝 걷고 땀 한 번 닦으며 산길을 올라왔다.

방통은 그늘에서 잠시 한숨을 돌리며 병사에게 물었다.

"이렇게 험한 산길은 촉 말고 다른 곳에는 없을 것이다. 그런데 이곳의 지명은 무엇인가?"

"낙봉파라고 합니다."

"뭐라? 낙봉파?"

방통은 갑자기 얼굴빛이 바뀌었다.

"내 호가 봉추인데, 낙봉파라니! 참으로 불길하구나."

방통은 급히 채찍을 들어 올려 병사들에게 고함쳤다.

"퇴각하라. 길을 바꿔 다른 곳으로 넘어라."

그 순간 갑자기 화살이 날아왔다. 빗발치듯 쏟아지는 화살에 백마가 붉게 물들었다. 방통도 백마와 함께 쓰러졌다. 그때 방통의 나이는 불과 서른여섯이었다.

백마를 탄 사람이 유비라고 생각한 촉의 장군들이 기뻐하며 말

했다.

"유비가 죽었다. 수장을 잃은 형주의 잔병들을 한 놈도 남기지 말고 모조리 죽여라."

촉의 병사들은 함성을 올리며 형주의 병사들에게 달려들었다. 형주의 병사들은 산을 기어오르고 골짜기로 도망치다 촉의 병사들에게 창을 맞아 쓰러졌다.

그 무렵 방통보다 앞서가던 위연이 전투 소식을 듣고 발길을 돌리려 했다. 하지만 촉의 병사들이 숨어 있다 길을 막았다.

"남쪽 길을 넘고 있는 주군께 알려드려야겠다."

위연은 할 수 없이 예정했던 길로 계속 나아갔다. 그런데 얼마 지나지 않아 촉의 병사들이 쏟아져 나와 위연을 둘러쌌다. 그 순간 남쪽 산길에서 황충이 나타났다.

"황충이 왔으니, 위연은 안심하라."

황충은 촉의 군대를 향해 돌진했다. 그러자 기세를 올리던 촉의 병사들이 흩어져 도망치기 시작했다. 얼마 뒤 유비의 군대도 모습을 드러냈다. 하지만 유비는 방통의 모습이 보이지 않는 것을 의심쩍게 생각하며 퇴각 명령을 내렸다.

유비가 부성으로 돌아가자 비참한 소식이 기다리고 있었다.

"방통 군사께서 낙봉파라는 곳에서 무참히 죽임을 당했습니다."

간신히 도망쳐 온 병사들이 유비에게 말했다.

"아, 그 많은 징조가 바로 군사의 죽음을 말한 것이었던가!"

유비는 하염없이 눈물을 흘렸다. 곁에 있던 장병들도 큰 소리로 울부짖었다.

　유비는 방통의 장례를 치른 뒤 성문을 굳게 닫아 걸고 밖으로 나가지 않았다. 그러고는 제갈량에게 하루빨리 촉으로 오라는 편지를 써서 보냈다.

좋은 새는 나무를 가려 앉는다

칠월 칠석날 거리마다 붉고 푸른 등이 한가득 내걸렸다. 제갈량은 주군 유비를 대신해 제사를 올리고 술자리를 마련했다. 그런데 깊은 밤, 커다란 별 하나가 빛의 꼬리를 물고 서쪽 하늘로 날아가는 듯 하더니 하얀 빛을 남기며 땅으로 떨어지는 것이었다.

"아, 큰일이구나."

제갈량이 술잔을 떨어뜨리며 외쳤다. 주변에 있던 사람들이 깜짝 놀라 물었다.

"군사, 어찌 그러십니까?"

"조만간 좋지 않은 소식이 올 것이오."

과연 그로부터 일주일 뒤 유비의 편지가 도착했다. 제갈량은 편지를 읽고 방통의 죽음을 슬퍼하며 눈물을 흘렸다. 그러고는 촉으로 떠날 준비를 한 다음 관우를 불렀다.

"관 장군, 귀공이 관평과 함께 형주성을 지켜 주시오. 이 일이야말로 촉에 들어가 싸우는 것보다 중요한 일이오."

"뒷일은 제게 맡기고 서둘러 촉으로 떠나십시오."

"그럴 일은 없겠지만, 만약 오의 손권과 북의 조조가 동시에 형주를 공격해 오면 어떻게 막을 생각이시오?"

"물론 군사를 둘로 나눠 두 방향에서 맞서 물리쳐야겠지요."

"위험하오. 내가 귀공에게 여덟 글자를 알려 드리겠소."

"여덟 글자라니요?"

"북거조조 동화손권, 즉 북의 조조와는 싸우고 동의 손권과는 화친한다는 뜻이오. 절대 잊지 마시오."

"가슴 깊이 새겨 절대 잊지 않도록 하겠습니다."

제갈량은 장비와 조운에게도 명을 내렸다.

"장 장군은 파성을 지나 낙성의 서쪽으로 오시오. 나는 배편을 이용해 조 장군과 같이 낙성의 앞쪽으로 가겠소. 산과 계곡이 험하니 몸을 가벼이 움직여서는 안 되오."

장비는 제갈량에게 공손히 인사한 뒤 먼저 씩씩하게 출발했다.

이윽고 장비의 군대는 파성에 이르렀다. 그 지역은 노장 엄안이 다스리는 곳이었다.

엄안은 성문을 굳게 닫고 싸우러 나오지 않았다. 성안을 향해 온갖 욕설을 퍼부어도 병사들이 성벽을 기어올라 봐도 소용없었다. 그때 장비가 계책 하나를 떠올렸다.

장비는 병사들에게 뒷산으로 가 풀을 베어 길을 만들라 명을 내렸다. 장비의 군대는 며칠 동안 풀 베는 일만 했다. 그러자 엄안이 뒷산으로 부하를 보내 몰래 살피게 했다.

하루는 한 병사가 장비에게 물었다.

"장군, 이 일이 하기 싫어서 드리는 말씀이 아닙니다. 파성의 뒤쪽에는 낙성의 서쪽으로 이어지는 지름길이 있는데 어찌 그 샛길을 이용하지 않으십니까?"

장비가 일부러 큰 소리로 말했다.

"뭐라, 그런 지름길이 있었단 말이냐? 왜 이제야 말하느냐? 우리의 목적은 오직 낙성이다. 그러니 파성 따위는 개의치 말고 어서 낙성으로 가자."

곧이어 장비의 군대를 염탐했던 부하가 엄안에게 사실을 알렸다.

"우리가 성 밖으로 나가 싸우지 않으니 드디어 장비가 지름길을 이용해 낙성으로 가려나 보구나. 장비가 앞서간 걸 확인한 뒤에 뒤쪽을 공격해서 무기와 식량을 빼앗고 그다음 앞쪽을 공격하도록 해라."

엄안은 낙성으로 가는 지름길에 병사를 숨겨 놓았다.

얼마 뒤 장비가 앞서 지나고 후발대가 지나갈 때 복병이 함성을 내지르며 뛰어나왔다. 그때 장비가 엄안을 향해 고함을 쳤다.

"늙은 엄안아, 잘 왔다."

엄안은 깜짝 놀라 하마터면 말에서 굴러 떨어질 뻔했다. 고함을 친 사람은 호랑이 수염을 한 장비가 틀림없었다. 사실 앞서 지나간 사람은 장비가 아니었던 것이다. 장비가 부하들 가운데 자기와 닮은 사람을 뽑아 일을 꾸민 것이었다.

장비가 장팔사모를 휘두르자 엄안의 군대는 곧바로 무너졌다. 마침내 엄안은 장비 앞으로 끌려왔다.

"지금 당장 항복하지 않으면 그 목을 칠 것이다."

"마음대로 하라. 내 목과 오랜 세월을 함께해 왔는데 이제 안녕을 해야겠구나. 장비야, 어서 내 목을 쳐라."

엄안은 자신의 목을 내밀었다. 그런데 갑자기 장비가 그의 뒤로 가더니 밧줄을 풀었다. 그런 다음 엄안의 손을 잡으며 무릎을 꿇었다.

"엄안, 그대는 진정한 무인이오. 부디 촉의 백성들을 위해 유 황숙을 도와주십시오."

엄안은 장비의 뜻을 받아들여 항복했다.

그 뒤로 낙성까지 가는 길에는 관문이 서른여섯 개 있었는데 엄안이 앞장서서 나아가자 문이 열리고 길이 열려 피를 한 방울도 보지 않고 통과할 수 있었다.

유비는 부성 안에서 제갈량이 오기만을 손꼽아 기다리고 있었다.

"우리가 공격을 하지 않으니 적병들의 마음도 풀어진 듯합니다. 이 틈을 이용해 공격을 해 보는 건 어떨까 싶습니다."

황충의 말에 유비의 마음이 움직였다.

다음 날 밤, 유비는 황충과 위연을 데리고 촉의 군대를 공격했다. 예상대로 촉의 병사들은 도망치기 바빴다. 그러고는 성안으로 들어가 문을 닫아 버렸다. 유비의 군대는 쉬지 않고 공격했지만 촉의 군대는 꿈쩍도 하지 않았다.

며칠 동안 공격하느라 지친 유비의 병사들이 저녁밥을 지어 먹고 있을 때였다. 마치 황하강이 터지듯 적들이 밀물처럼 밀려들었다. 촉의 군대는 일부러 유비의 군대가 지치기를 기다렸던 것이다. 아무런 준비 없이 공격을 당한 유비의 군대는 사방으로 달아났다.

유비는 말에 채찍을 휘두르며 간신히 산길로 들어섰다. 하지만 촉의 병사들이 끈질기게 따라오고 있었다.

"하늘이 나를 버리시는구나."

유비가 눈물을 흘렸다. 그때 갑자기 산 위에서 장비가 장팔사모를 휘두르며 뛰어 내려왔다. 그러자 촉의 병사들은 오던 길로 되돌아 도망갔다.

촉의 군대는 이튿날 다시 한 번 유비의 군대를 공격했다. 이번에도 장비가 장팔사모를 휘두르며 달려들었다. 장비는 촉의 병사들을 쫓아 산기슭에서 골짜기로 또 강기슭으로 내달렸다. 그러다 그만 길을 잃고 헤매게 되었다.

"저기 호랑이 수염을 기른 자를 잡아라."

갑자기 촉의 병사들이 나타나 장비를 공격했다. 하지만 그 순간 조운이 나타나 소리쳤다.

"장비, 내가 왔소이다. 함께 적을 무찌릅시다."

두 사람은 힘을 합해 촉의 군대와 싸웠다. 결국 촉의 병사들은 겁이 나서 뒤꽁무니를 뺐다.

그날 밤 제갈량과 장비와 조운은 부성으로 들어가 유비를 만났다. 유비의 진영은 오랜만에 활짝 핀 꽃봉오리처럼 밝은 기운이 돌았다.

제갈량은 주변 지리를 살핀 뒤 장군들을 불러 계책을 세웠다.

날이 밝자마자 유비의 군대는 낙성 앞에서 북소리를 울리며 공격했다. 하지만 어쩐 일인지 촉의 병사들이 맞서 싸우자 금세 뒤로 물러났다.

"지금이 기회다!"

촉의 병사들이 뒤쫓자 갈대밭에서 유비의 병사들이 창을 들고 뛰쳐나왔다. 촉의 병사들이 창을 피해 우왕좌왕하는 사이 이번에는 칼을 든 유비의 병사들이 달려와 말과 사람의 다리를 후려쳤다. 촉의 군대는 한순간에 무너졌고, 유비의 군대는 낙성을 차지했다.

그 뒤로 제갈량은 마을 곳곳을 돌아보며 백성들을 돌보았다.

한편 유장은 유비의 군대를 막기 위한 대책을 마련하느라 애를 썼다.

"나라가 위급하면 자연히 방어력은 몇 배로 늘기 마련입니다. 서로 힘을 합치면 유비의 군대 따위는 무서워할 필요가 없습니다. 백성들을 모두 서쪽으로 이주시키고, 그곳에는 닭 한 마리도 남기지 말고, 논밭을 불태우고, 물에는 독을 풀어 유비의 군대가 한 끼의 식량도 얻지 못하게 하면, 저들은 백 일 안에 굶어 죽을 수밖에 없습니다."

정도의 말에 유장이 입을 열었다.

"예전부터 국왕은 나라를 지켜 백성을 편안하게 해야 한다고 들었는데, 백성들을 떠돌게 하고 적을 막는다는 이야기는 들은 적이 없다."

유장은 단번에 정도의 계책을 물리쳤다. 그는 고민 끝에 한중의 장로에게 지원군을 부탁하기로 마음먹었다.

그 무렵 몽골고원에서는 조조에게 패한 뒤 자취를 감췄던 마초가 힘을 키우고 있었다.

"반드시 조조의 목을 쳐 아버지의 원수를 갚겠다."

마초는 가는 곳마다 싸움에서 이겨 세력을 키워 나갔다. 그런데 얼마 뒤 하후연이 군대를 이끌고 공격해 들어왔다.

"조 승상의 명을 받고 역적의 무리를 징벌하러 왔다. 목숨이 아깝거든 이 깃발 아래 무릎을 꿇어라."

하후연의 군대는 뛰어난 무기를 갖춘 중앙군이라 마초의 군대가 도저히 당해 낼 수 없었다. 마초의 군대는 밀려오는 적을 물리치며 달아났다. 밤새 도망치던 마초는 아침 안개 속에서 홀연히 서 있는 성문을 발견했다. 그곳은 역성이었다.

마초는 겨우 병사 오십 명을 데리고 있었기에 이길 자신이 없었다. 하지만 살기 위해서는 그곳을 지나야 했다.

"강서의 군대다. 문을 열어라!"

마초가 자신만만하게 큰 소리로 외쳤다. 그러자 역성의 병사들은 적인 줄은 꿈에도 생각하지 못하고 성문을 열었다. 역성은 하룻밤 안에 마초의 군대에 점령당하고 말았다. 그렇지만 날이 밝자 하후연이 마초의 군대를 공격해 다시 성을 되찾았다. 결국 마초는 부하들과 함께 떠돌다 한중으로 들어가 오두미교의 장로 밑으로 들어갔다.

장로에게는 혼기가 된 딸이 있었는데, 장로는 마초를 사위로 삼고 싶어 했다.

"마초는 당대의 영웅호걸이다. 나이도 젊으니 내 사위로 삼으면 앞으로 촉을 취하는 데에도 큰 힘이 될 것이다."

장로의 말에 부하 양백이 고개를 내저었다.

"마초는 용맹하지만 지혜가 부족합니다. 게다가 처자식을 돌보지 않고 오직 공을 세우는 데만 관심이 있는 듯합니다."

마침 마초는 두 사람의 대화를 엿듣고 양백에게 앙심을 품게 되었다.

그즈음 촉의 태수인 유장의 밀사가 한중으로 왔다.

"장로 장군께 원군을 요청했지만 좀처럼 촉을 도와주시지 않소이다. 지금 촉이 유비에게 넘어가기라도 한다면 한중에게도 큰 위협이 될 것이 분명한데 말이오. 만약 한중의 병사로 유비를 물리친다면 한중에게 촉의 이십 주를 나눠 주겠소."

"알겠소이다. 다시 한 번 장로 장군께 말씀드려 보겠소이다."

양백은 그길로 장로에게 가 이야기를 전했다. 그러자 마초가 들어와 말했다.

"제게 군대를 내주시면 촉에 들어가 유비를 붙잡아 오겠습니다."

장로는 마초에게 군대를 내주었고, 마초는 곧바로 유비의 군대와 싸우러 달려갔다.

마초가 촉을 향해 오고 있다는 소식이 유비에게 전해졌다.

"유장이 다급한 나머지 한중에게 나라를 쪼개 주고 장로에게 무룡을 끓은 듯합니다."

제갈량은 마초의 상대로 장비와 위연을 내보냈다. 명을 받은 장비와 위연은 마초보다 먼저 가맹관에 들어갔다. 마초는 가맹관을 차지하려고 공격을 늦추지 않았다.

마초가 관문 밑으로 와서 소리쳤다.

"장비는 어디로 숨었느냐? 나를 보고 무서워 도망쳤느냐? 어서 문을 열고 나오너라."

장비는 관문을 열고 장팔사모를 옆에 끼고 달려 나갔다.

"그래, 내가 바로 장비다."

마초와 장비는 보는 사람의 등골이 오싹할 정도로 치열하게 싸웠다. 고기를 앞에 둔 호랑이 두 마리가 서로 달려들어 물어뜯고 하늘을 향해 포효하는 듯했다.

그날 밤 제갈량이 가맹관으로 왔다.

"마초와 장비가 이대로 계속 싸우면 반드시 한쪽은 죽을 수밖에 없습니다. 두 사람 모두 보기 드문 영웅인데, 이대로 죽게 내버려 둘 수는 없습니다."

유비도 제갈량과 같은 생각이었다. 하지만 적인 마초를 살리기 위해서는 그를 아군으로 만들어야 했다. 그렇지 않으면 아군에게 큰 화가 될 테니 모든 방법을 써서라도 제거해야만 했다.

"마초는 나라가 없는 몸이기 때문에 이번이야말로 자신의 기반과 병력을 갖출 기회라고 생각할 것입니다. 그러니 한중의 명령은 개의치 않고 오히려 더욱더 맹렬히 이곳을 공격할 것입니다. 그런 마초를

두고 한중의 장군들이 모함을 하고 있습니다. 마초가 한중의 병사를 빌려 촉을 공격하고 그 뒤에는 한중으로 칼끝을 돌릴 것이라고 말입니다."

"그걸 듣고 장로는 뭐라 하였소?"

"당연히 노발대발하며 마초가 돌아오면 한중에 발을 들이지 못하게 하라고 명했습니다. 한편 장로는 마초에게 사자를 보내 가맹관에서 철수하라는 명을 따르지 않을 거면 한 달 사이에 세 가지 공을 세우라고 했습니다. 그것은 촉을 취하고 유장의 목을 친 뒤 형주의 군대를 촉 밖으로 내쫓으라는 것입니다. 이것이 지금 마초가 처한 상황입니다. 제가 그런 궁지에 몰린 마초를 구하려고 합니다."

"군사가 직접 가서 마초를 설득하겠다는 말씀이오?"

"그렇습니다. 이쪽에서 그 정도의 성의를 보이지 않으면 어찌하겠습니까?"

"위험하지 않겠소? 만약 예기치 않은 일이 생기면 되돌릴 수 없을 것이오."

"걱정하지 마십시오. 내일 아침 해가 뜨는 대로 마초를 만나도록 하겠습니다."

"오늘 하룻밤만 더 생각해 본 뒤에 결정합시다."

유비는 쉽게 허락하지 않았다.

다음 날 촉의 대신 이회가 유비를 찾아왔다.

"이곳에는 무엇 때문에 온 것이오?"

"마초를 설득하러 왔습니다."

"그럼 그대가 마초를 설득해 내 부하로 만들 자신이 있다는 말이오?"

"그렇습니다. 제갈 선생을 제외하고 이 일을 성공시킬 사람은 저밖에 없습니다."

"하지만 그대는 일찍이 유장에게 나를 촉에 들여서는 안 된다고 말한 신하 중 한 사람이 아니오. 이제 와서 나를 위해 일하겠다니 무슨 생각인 것이오?"

"좋은 새는 나무를 가려 앉는다 했습니다. 황숙께서는 촉을 죽이기 위해 온 것이 아니라 인으로써 다스리기 위해 온 것이 아닌지요."

그때 옆방에서 두 사람의 이야기를 듣고 있던 제갈량이 모습을 드러냈다.

"이회, 그대가 나를 대신하여 마초에게 가 주시오. 그대라면 반드시 이 일을 성공할 수 있을 듯하오."

이회는 곧바로 유비의 편지를 가지고 마초를 만났다. 마초가 이회를 보자마자 물었다.

"그대는 유비의 부탁을 받고 온 자가 아니오?"

이회는 조금도 두려워하지 않고 고개를 끄덕이며 대답했다.

"그렇소이다. 하지만 부탁한 것은 유비가 아니오."

"그럼 누구인가?"

"돌아가신 장군의 부친이오. 불효자를 잘 타일러 달라고 내 꿈에 나타나셨소이다."

"요사스러운 자구나. 지금 내 칼집에는 잘 갈아 놓은 칼이 있느니라."

"그 칼이 장군의 목을 향하지 않기를 바랄 뿐이오."

"잘도 지껄이는구나."

"내 장군의 앞날을 걱정하여 드리는 말이니 잘 들어 보시오. 장군, 대체 그대의 아버지는 누구에게 죽임을 당하셨소? 본래 서량의 군대를 일으켰던 까닭은 아버지의 원수인 조조를 치기 위한 게 아니었단 말이오?"

"……."

"그런 조조에게 패하여 한중으로 도망쳐 오더니, 이번에는 장로에게 이용만 당하고 양송에게까지 모함을 당하여 화를 입지 않았소. 또한 자신의 본분을 잊고 명분 없는 싸움으로 스스로를 망치려 하다니, 참으로 어리석다 하지 않을 수 없소. 황천을 떠돌고 계실 아버지의 원한을 생각해 보시오. 만약 장군이 유비를 이기면 누가 가장 기뻐할지 알고 있소이까? 바로 조조라는 것을 잊지 마시오."

"귀공의 말을 듣고 이제야 눈을 떴소이다. 내가 잘못 생각했소."

마초는 이회 앞에 엎드려 울었다.

"잘못을 깨달았다면 어찌 장막 뒤에 숨겨 둔 병사를 물리지 않는 것이오?"

마초가 병사들을 물리자 이회가 그의 팔을 잡고 말했다.

"자, 어서 갑시다. 유 황숙이 장군을 기다리고 계시오. 절대로 장군을 욕보이지 않을 것이오. 모든 것은 내게 맡기면 되오."

마초는 이회와 함께 가맹관으로 가서 유비를 만났다. 유비가 예를 갖추어 대하자 마초가 진심으로 말했다.

"제 앞을 가로막던 안개와 구름이 걷히고 이제야 비로소 진정한 주군을 만난 듯합니다."

그렇게 유비는 마초를 맞이하고 한시름을 놓았다.

한중을 손에 넣은 조조

유비의 군대에 들어온 마초는 첫 번째 공을 세우기 위해 유장을 만나러 떠났다.

"태수께서는 한중이 도와줄 거라는 생각에 성에서 버티고 있지만 백 년을 기다려도 장로의 지원군은 오지 않을 것이오. 설사 온다고 한들 이는 촉을 구하러 오는 것이 아니라 촉을 빼앗고자 하는 것이오. 이미 나는 장로에게 실망하여 유 황숙을 따르고 있소이다."

마초의 말에 유장은 크게 절망하며 눈물을 흘렸다. 유장은 성을 나가 유비에게 항복했다. 유비는 직접 마중을 나가 유장의 손을 잡았다.

"나라와 백성을 우선 생각하다 보니 어쩔 수 없이 촉을 공격하고 이처럼 그대의 항복을 받아들이게 되었소. 부디 이 유비를 원망하지 마시길 바라오."

유비가 울며 진심을 터놓자 유장은 오히려 늦게 항복한 걸 후회했다. 촉의 백성들은 향을 피우고 꽃을 뿌려 길을 장식했다. 유비와 유장은 그 길을 따라 나란히 성안으로 들어갔다.

"오늘부터 촉은 새롭게 다시 태어날 것이오. 어제에 미련을 품고 불평하는 자가 있으면 지금 당장 물러가시오."

유비의 말에 촉의 대신 모두는 다른 뜻이 없음을 맹세했다. 유비는 촉의 가난한 자들에게 곳간을 열어 나눠 주고, 백성 중에서 효자*와 열녀*를 찾아 상을 내렸다. 그러다 보니 촉의 백성들은 유장 시대와 비교하며 유비의 덕을 칭송했고 집집마다 웃음소리로 가득했다.

얼마 뒤 촉이 안정되자 제갈량이 유비에게 말했다.

"이제 시대가 달라졌으니 유장을 형주로 보내십시오."

"촉의 실권이 이미 유장에게 없는데, 가엾게 굳이 멀리까지 보낼 필요가 있소이까?"

"한 나라에 주인이 둘일 수는 없습니다. 인정에 연연해서는 안 됩니다."

유비는 그다지 마음이 움직이지 않았지만 제갈량의 말을 받아들였다.

그 무렵 한중과 촉에 대한 정보가 빠르게 오로 들어갔다.

"유비가 촉을 손에 넣었습니다."

"촉의 치안을 바로잡고 새로운 법령을 포고했다고 합니다."

효자 어버이를 잘 모시는 아들. | **열녀** 남편을 위하여 정성을 기울여 살아가는 아내.

"이전 태수인 유장을 형주로 보냈다고 합니다."

오의 대신들은 만날 때마다 소식을 나누었다.

"유비는 예전부터 촉을 취하면 반드시 오에 형주를 돌려주겠다고 입버릇처럼 약속했소. 한데 촉의 사십일 주를 취했는데도 아직 아무런 말이 없으니, 내 인내심도 한계에 다다랐소. 지금 당장 군사를 일으켜 형주를 취하려 하는데 그대들은 어떻게 생각하시오?"

손권의 말에 장소가 홀로 고개를 내저었다.

"오, 위, 촉 이 세 나라 중에서 지금 가장 혜택을 받은 나라는 오입니다. 나라는 안녕하고 백성은 풍족하고 병사는 강하며 그 수는 늘어나고 있습니다. 스스로 대군을 일으켜 싸울 필요가 없습니다."

"그렇지만 이대로 두고 보고만 있다가는 언젠가 형주가 오를 능가할 것이오."

"병사를 일으키지 않고 형주를 되찾아 오겠습니다."

"그런 방법이 있단 말이오?"

"있습니다. 유비가 믿고 의지하는 자는 제갈량 한 사람뿐입니다. 그 제갈량의 형인 제갈근은 오랫동안 오에서 주군을 섬기고 있지 않습니까? 그를 촉에 사자로 보내 만약 형주를 돌려주지 않으면 제갈량의 형이라는 죄목으로 형은 물론 가족까지 모두 참수를 당하게 되었다고 전하십시오."

"아주 좋은 계책이오. 제갈량은 정으로 고민하고 유비는 의리로 고심할 것이오. 그런데 제갈근은 나를 섬긴 이래 단 한 번도 잘못한 적이 없는 성실한 신하인데 어찌 그의 처자식을 감옥에 가둘 수 있겠소?”

“주군께서 제갈근에게 계책을 잘 설명하시고 임시로 만든 감옥을 준비하시면 아무것도 문제될 것이 없을 듯합니다.”

다음 날 제갈근은 손권의 명을 받고 촉으로 떠났다.

제갈근은 제갈량을 만나자마자 큰 소리로 목 놓아 울었다.

“형님, 대체 무슨 일이십니까?”

“내 가족들이 모두 옥에 갇히고 말았구나.”

“형주를 돌려주지 않은 것을 문제 삼은 것입니까?”

“그렇다. 어찌하면 좋겠느냐?”

“너무 걱정하지 마십시오. 형주만 돌려주면 모두 옥에서 풀려날 것입니다. 형님 가족에게 화가 미치는 것을 제가 어찌 두고만 볼 수 있겠습니까. 주군께 말씀드려 꼭 형주를 오에 돌려드리겠습니다.”

“아, 그렇게 해 주겠느냐?”

곧이어 제갈근은 유비를 만나 손권이 보낸 편지를 건넸다. 그런데 편지를 펼쳐 본 유비의 얼굴빛이 변했다. 유비가 손에 들고 있던 편지를 갈기갈기 찢으며 외쳤다.

“손권은 참으로 무례하구나. 나는 언젠가 형주를 오에 돌려주려 생각하고 있었다. 그런데 내 아내를 속여 오로 데려가 부부의 정을 끊어 놓더니 이제는 나를 무시하는구나. 나는 지금 촉의 사십일 주와 병마 십만을 거느리고 있다. 백성들이 나의 이러한 원통함을 헤아린다면 모두 전쟁에 나설 것이다.”

유비의 말에 제갈근은 아무 말도 하지 못했다. 그때 제갈량이 갑자기 얼굴을 감싸며 통곡했다.

"만약 형님과 가족들이 손권에게 죽임을 당하면 제가 어찌 남은 생을 홀로 살아갈 것이며 세상에 얼굴을 들 수 있겠습니까?"

"군사가 그렇게 통곡하시니 내 마음도 찢어지는구려. 지금 당장 형주를 돌려주기도 어렵고 군사의 비통함을 못 본 체하기도 어려우니 이렇게 하면 어떻겠소? 형주 중에서 장사, 영릉, 계양 세 군만 오에 돌려주면 오의 체면도 서고 군사의 형님도 살릴 수 있지 않겠소?"

제갈량이 머리를 조아리며 말했다.

"그럼 주군의 뜻을 글로 적어 제 형님에게 건네주십시오. 형님에게 형주로 가서 관우와 의논해 인수 절차를 밟으라 하겠습니다."

유비가 바로 편지를 써서 제갈근에게 건네며 덧붙였다.

"내 아우 관우는 너무 솔직하고 불같은 자라 나도 무서울 때가 있으니 말썽이 나지 않도록 말을 신중히 해야 할 것이오."

이윽고 제갈근은 촉을 떠나 형주에 도착했다. 제갈근은 바로 관우를 만나 유비의 편지를 보여 주었다.

"유 황숙께서 형주의 세 군을 오에 돌려주기로 하셨으니 속히 그 준비를 부탁드립니다."

"아니 되오. 절대로 내줄 수 없소. 그것은 모두 오의 계략이오. 또 다시 그런 말을 하면 내 칼이 용서치 않을 것이오."

제갈근은 어쩔 수 없이 다시 유비를 만나러 갔다. 하지만 유비가 몸이 아파 만날 수 없었다. 동생 제갈량 역시 지방 시찰로 자리를 비워 만날 수 없었다.

제갈근은 천 리 길을 오간 보람도 없이 일단 오로 돌아갔다. 손권은 그 모든 것이 제갈량의 계책이라며 화를 냈다.

"그렇다고 해서 그대나 그대의 처자에게 죄가 있는 것은 아니오."

손권은 제갈근의 가족을 모두 풀어 주었다. 그런 다음 오의 군대를 형주로 보냈다.

"유비가 돌려준다고 말한 장사, 영릉, 계양은 그의 신하 관우가 아무리 거부해도 오가 취해야 할 땅이다. 그대들은 관우를 내쫓고 세 곳을 접수하라."

그런 뒤 얼마 지나지 않아 관리들이 관우의 부하에게 쫓겨 모두 도망쳐 왔다. 그러자 노숙이 나서며 말했다.

"보통 방법으로는 도저히 형주를 되찾을 수 없을 듯합니다. 관우를 잔치에 오게 해서 잘 타이르면 어떻겠습니까? 그래도 말을 듣지 않으면 그 자리에서 관우를 죽이겠습니다. 제게 맡겨 주십시오."

손권은 노숙의 말을 받아들였다.

노숙은 잔치를 열어 관우를 초대했다. 관우는 노숙의 사람됨을 믿고 흔쾌히 초대를 받아들였다.

음악과 노래가 울려 퍼지고 노숙이 관우에게 술을 권했다. 하지만 노숙은 이야기를 나누면서 관우의 눈을 똑바로 쳐다보지 못했다. 술자리가 무르익고 나서야 노숙이 허물없는 태도를 보이며 말했다.

"장군도 잘 알고 계실 겁니다. 지난날 형주 문제로 몇 번 유 황숙을 찾아뵈었는데, 그때는 제 입장이 참 곤란했지요."

"무슨 말이시오. 저희 형님께서는 털끝만큼도 남을 해하는 일을 하실 분이 아니시오."

"그렇다면 어찌 형주를 돌려주지 않는 겁니까?"

"생각해 보시오. 형주는 제 형님과 저희 신하들이 모두 목숨을 걸고 취한 땅인데 어찌 그리 쉽게 양보할 수 있겠소이까. 선생이 저희 입장이라면 어떻게 하시겠소이까?"

관우는 불쑥 자리에서 일어나더니 청룡도를 집어 들었다.

"술을 많이 마셨더니 취기가 오르는군요. 오늘은 이만하는 걸로 합시다. 이 취객을 위해 배가 있는 곳까지 마중을 해 주시오."

사람들이 어리둥절해하는 사이 관우는 노숙의 팔을 붙잡고 배가 있는 곳으로 갔다. 그곳에 오의 병사들을 숨겨 놓았지만 관우의 오른손에 청룡도가 들려 있고 왼손에 노숙이 붙들려 있는 것을 보고는 섣불리 나설 수 없었다. 그사이 관우는 배에 훌쩍 뛰어올라 노숙을 놓아주고 또 보자는 말만 남긴 뒤 멀어져 갔다.

그즈음 조조의 권력은 점점 더 강해졌다. 그럴수록 황제 헌제의 권위는 바닥으로 떨어졌다.

"이렇게 아침저녁으로 바늘방석에 앉아 있느니, 제 아버지께 은밀히 명을 내리면 아버지가 반드시 조조를 죽일 계책을 세울 것입니다."

복 황후의 말에 헌제는 신하들 눈을 피해 밀서를 쓴 뒤 내시 목순에게 복 황후의 아버지 복완에게 전하라 일렀다. 충직한 목순은 궁궐을 빠져나와 복완의 집으로 갔다.

이 사실을 알게 된 조조는 급히 병사들을 시켜 목순을 잡아 오게 했다. 병사들은 복완의 집에서 나오는 목순을 붙잡아 조조 앞으로 데려왔다. 그런 다음 목순의 옷을 벗겨 살폈지만 아무것도 나오지 않았다. 조조는 어쩔 수 없이 목순을 보내 주었다.

목순은 옷을 다시 입고는 호랑이 입 안에서 도망치는 것처럼 부리나케 뛰기 시작했다. 그때 머리에 쓰고 있던 모자가 바람에 떨어졌다. 목순이 당황해 하자 조조는 그의 모자를 집어 들고 자세히 살폈다. 하지만 역시 아무것도 나오지 않았다.

목순은 조조에게서 모자를 받아 머리에 썼다.

"잠깐, 기다려라."

조조는 목순이 쓴 모자를 잡아채서는 머리카락 속을 헤집었다.

"이것이로구나!"

조조는 목순의 머리카락 속에서 작은 글씨가 빼곡하게 적힌 밀서를 발견했다. 밀서를 읽은 조조가 부하들에게 명을 내렸다.

"복완과 그의 가족을 사로잡아 감옥에 처넣어라."

조조의 부하들은 복완을 감옥에 넣은 뒤 복 황후를 잡으러 궁궐로 갔다.

"황후가 어디에 숨었는지 샅샅이 뒤져라."

조조의 부하들은 벽장 깊숙이 칼을 꽂았다. 그러자 그 안에 숨어 있던 복 황후가 비명을 지르며 뛰쳐나왔다.

"살려 주시오."

"그 말은 승상께 직접 올리시오."

조조의 부하들은 황후를 조조에게 끌고 갔다.

"내 일찍이 너를 죽이지 않았더니 오히려 네가 나를 죽이려 했구나. 그 대가가 어떤 것인지 알려 주마."

조조의 명을 받은 병사들이 채찍과 몽둥이로 황후를 사정없이 후려쳤다. 황후는 끝내 맞아 죽고 말았다. 황제 헌제는 귀를 막고 머리를 감싼 채 황후의 비명과 조조의 성난 목소리를 들어야 했다.

얼마 뒤 조조는 헌제를 찾아가 말했다.

"폐하, 제가 듣기로 며칠 동안 폐하께서는 아무것도 드시지 않으셨다 하옵니다. 이제 걱정하지 마십시오. 신도 더는 그 일을 문제 삼고 싶지 않사옵니다."

그런 다음 조조는 자신의 딸을 강제로 황후로 삼게 했다. 헌제는 거절할 힘이 없어 조조의 말에 따랐다.

어느 날 조조가 부하들을 불렀다.

"촉을 저대로 내버려 둘 수는 없소. 어떻게든 유비를 촉에서 내쫓아야 하오."

하후연이 조조 앞으로 나섰다.

"그러기 위해서는 먼저 한중을 쳐야 합니다. 한중을 취한다면 촉은 창고에 갇힌 쥐새끼처럼 꼼짝도 할 수 없을 것입니다."

"그럼 한중의 장로를 먼저 치도록 하세."

위의 대군은 세 편으로 나눠 한중을 향해 달려갔다. 첫째가 하후돈, 둘째가 조인, 셋째가 하후연과 장합이고 조조는 중군에 자리를 잡았다.

위의 대군은 한중으로 들어가자마자 곳곳에 불을 질렀다. 한중의 병사들은 싸움을 포기하고 도망치기 바빴다. 한중의 거리가 조조의 손아귀에 넘어가기 직전이었다.

"나라의 재물은 백성의 피와 땀으로 만들어진 것인데 내 어찌 그것을 불태울 수 있으리."

장로는 성안의 보물과 재물이 들어 있는 곳간을 굳게 잠갔다. 그러고는 가족을 데리고 성문을 빠져나와 도망쳤다.

조조가 성을 점령한 뒤 그것을 보며 말했다.

"곳간이 불타지 않게 한 장로의 행동은 참으로 칭찬할 만하구나."

조조는 장로에게 사자를 보내 항복하면 가족을 보호해 주겠다고 제안했다. 결국 장로는 조조에게 무릎을 꿇었고, 조조는 곳간을 잠가 재물을 지킨 장로에게 벼슬을 내렸다.

기이한 노인의 예언

어느 날 사마의가 조조에게 말했다.

"위가 한중을 취한 뒤 촉은 동요하고 유비는 두려움에 떨고 있다고 합니다. 이때 승상께서 촉을 공략하면 유비는 기왓장*처럼 무너져 도망칠 게 틀림없습니다."

"이제 막 땅을 얻었는데 어찌 바로 촉을 바라는가. 병사들도 지쳐 있으니 조금 더 쉬게 하는 것이 좋을 것이다."

적벽대전 이후로 부쩍 늙은 조조는 군대를 움직일 마음이 전혀 없었다.

한편 위가 한중을 차지하자 유비는 불안할 수밖에 없었다.

"위의 관심을 다른 곳으로 돌리면 당분간 촉은 무사할 것입니다. 그사이에 우리는 국방을 튼튼히 하고 오에 사자를 보내 지난번 약

기왓장 낱장 기와.

속한 형주의 세 곳을 돌려주고 손권이 합비성을 공격하게 만들어야 합니다. 합비성은 조조가 장료에게 지키게 할 만큼 위의 중요한 국경입니다. 손권이 합비성을 공격하면 조조는 촉을 신경 쓰지 못할 것입니다."

유비는 제갈량의 말에 고개를 끄덕이더니 곧바로 오에 사자를 보냈다.

유비가 보낸 사자가 손권과 그의 부하에게 말했다.

"오가 합비를 공격하면 조조는 한중에서 바로 허창으로 갈 것입니다. 그러면 황숙께서는 한중을 취할 것입니다. 그런 뒤 관우를 한중으로 불러들이고 형주를 온전히 오에게 돌려주시겠다고 합니다."

손권은 부하들이 모두 찬성하자 마침내 유비의 뜻을 받아들였다.

오의 군대가 합비로 쳐들어간 날, 장료는 여느 때와 다름없이 합비성을 굳게 지키고 있었다. 장료는 단번에 오의 군대를 에워쌌고 오의 군대가 가는 길마다 먼저 가서 길을 끊어 놓았다. 손권은 오의 군대를 재정비하기 위해 장강을 내려가 유수까지 물러났다.

장료는 한중에 있는 조조에게 급히 상황을 알리고 대군을 요청했다.

조조는 한중을 손에 넣었지만 남쪽을 포기하지 못하고 있던 상황이었다. 오만 생각하면 적벽대전의 원한이 떠올랐기 때문이다.

"한중의 수비는 장합과 하후연에게 맡기고 나는 오를 공격해야겠다."

조조는 결단을 내리고 양자강 강물을 따라 오의 수도인 유수로 향했다.

그 무렵 오의 군대는 유수에서 조조의 대군이 오기만을 기다렸다. 위의 대군은 장료를 앞세워 오를 공격했다. 오는 유수에 수많은 병선을 띄우고 똑같이 대군으로 맞섰다. 유수 일대가 모두 전쟁터로 변했다.

위의 사십만 대군과 오의 육십만 대군이 치열하게 싸웠다. 하지만 날씨가 좋지 않은 탓에 오의 대군은 얼마 지나지 않아 힘을 잃고 말았다.

"오늘 싸움은 여기까지 하도록 합시다."

손권의 말에 부하들이 안타까워하며 말했다.

"이대로 군대를 물리면 조조는 오를 우습게 생각하고 더욱 자신만만해할 것입니다. 또한 우리 쪽 병사들도 위가 강하다고 여겨 그들을 두려워할 것입니다."

손권은 부하들의 뜻을 받아들여 병력을 보충한 뒤 다시 싸우러 나갔다.

새로 합류한 오의 병사들이 퍼부어 대는 화살에 조조는 당황하고 위의 병사들은 우왕좌왕했다. 결국 오의 군대는 위의 군대를 멀리 몰아내고 승리를 거두었다.

그 뒤로 위의 군대는 섣불리 움직이지 않았다. 조조는 묵묵히 병력을 키우면서 작전을 짰다.

어느 날 장소가 손권에게 말했다.

"절대로 마음을 놓을 수 없습니다. 뭐라 해도 조조는 조조입니다. 차라리 지금 화친을 제안하는 것이 어떠하신지요?"

손권은 조조에게 사자를 보냈다. 조조도 물러날 때라고 생각했는지 해마다 공물을 받는다는 조건으로 화친을 받아들였다. 그렇다고 진정한 평화가 찾아온 게 아니라는 사실은 위와 오 모두 잘 알고 있었다. 조조는 대군을 이끌고 허창으로 돌아갔고 손권도 군대를 말릉까지 철수시켰다.

해마다 오로부터 공물을 받기로 한 약속은 위에게 있어 큰 성과였다. 게다가 한중의 땅을 얻었다. 그것을 빌미로 조조의 신하들은 조조를 위 왕 자리에 앉게 하려 했다.

"자네들의 생각이 그렇다면⋯⋯."

조조도 왕위에 오르고 싶은 마음을 감추지 않았다.

위의 대신들이 나서서 조조를 위 왕으로 받들자 황제는 어쩔 수 없이 조조를 위 왕에 봉했다. 조조는 못 이기는 척 왕위에 올랐다.

조조는 열두 줄의 면류관을 쓰고 말 여섯 필이 끄는 금 마차를 탔다. 또한 그는 새로 위 왕궁을 지었다. 위 왕궁은 웅장하고 화려했다.

조조에게는 아들 조비, 조창, 조식, 조웅이 있었다. 하지만 이들은 모두 다른 부인 사이에서 얻은 자식이었다. 그중에 조조는 셋째인 조식을 자신의 뒤를 이을 후계자로 생각했다. 조식은 어릴 때부터 문학에 뛰어난 재능을 보였고 총명했으며 풍채 또한 기품이 있었다. 한편 첫째인 조비는 자신이 후계자가 되어야 한다고 생각했다.

한번은 조조가 멀리 나가느라 궁을 비우게 되었다. 그러자 조식이 조조에게 아버지와의 이별을 아쉬워하는 시를 지어 올렸다. 반면에 조비는 성 밖까지 배웅을 나와 눈물을 지어 보였다.

'조식의 시가 훌륭하지만 조비의 눈물이 더 큰 정을 느끼게 하는구나.'

그 뒤로 조조는 조비를 눈여겨보았다. 조비는 조조의 신하들에게 금은을 주거나 덕을 베풀었다. 그렇다 보니 조조의 신하들은 조조 앞에서 조비가 덕을 갖추고 있다며 자주 칭찬을 했다.

조조는 위 왕 자리에 오른 뒤 늘 세자 책봉 문제를 고민했다.

'원소와 유표도 세자 문제로 큰 분란을 겪었던 적이 있었지. 모두 첫째를 세자로 삼지 않아 문제가 생겼어.'

조조는 마음을 굳혔다.

얼마 지나지 않아 조조는 첫째인 조비를 왕세자로 책봉했다. 그리고 그해 시월 위 왕궁이 완성되었다.

오에서는 축하의 뜻으로 밀감 마흔 짐을 올려 보내기로 했다. 배와 말을 번갈아 타고 다시 사람이 지며 밀감을 운반했다. 어느 날 산속에서 애꾸눈에 한쪽 다리를 저는 기이한 노인이 홀연히 나타났다.

"고생이 많소. 모두 피곤하지 않은가?"

노인은 하얀 등나무 꽃을 관*에 꽂고 푸른 옷을 입고 있었다. 짐꾼 가운데 한 사람이 농담으로 말했다.

"어르신, 도와주시지요. 아직 천 리를 더 가야 합니다."

관 검은 머리카락이나 말의 갈기나 꼬리 털을 엮어 만든 머리에 쓰는 물건. 신분과 격식에 따라 여러 가지가 있었다.

"알았네. 내 도와줌세."

노인은 정말로 짐꾼의 짐을 받아 짊어졌다. 그러고는 다른 짐꾼들에게도 말했다.

"자네들 짐도 모두 내가 들어 줌세. 내가 있는 한 자네들은 빈 몸으로 가는 것이나 마찬가지네. 자, 따라오시게."

노인이 바람처럼 앞으로 내달렸다. 짐을 하나라도 잃어버리면 큰일이라고 생각한 짐꾼들이 당황하며 뒤를 쫓아갔다. 노인은 말처럼 짐을 져도 무거워하지 않았다.

노인과 헤어질 무렵, 짐꾼의 우두머리가 노인에게 이름을 물었다.

"나는 위 왕 조조와 고향 친구로 이름은 좌자일세. 오각 선생이라고도 부르지. 조조를 만나거든 말해 보게나. 기억하고 있을지도 모르니."

드디어 밀감이 위 왕궁에 도착했다. 조조는 오랫동안 맛보지 못하던 밀감을 하나 꺼내 껍질을 깠다.

"아니, 밀감의 속이 텅 비어 있다니!"

조조가 서너 개를 더 까 보았지만 모두 속이 텅 비어 있었다.

"어찌 된 일인지 짐꾼들에게 물어보라."

하지만 그들도 전혀 까닭을 알지 못했다. 단지 도중에 좌자라는 기이한 노인을 만난 이야기를 전할 수밖에 없었다. 조조는 그들의 말을 듣고는 고개를 갸웃거렸다. 아무리 생각해도 좌자라는 사람이 누군지 떠오르지 않았다.

그때 위 왕궁으로 좌자가 찾아왔다. 조조는 좌자를 보자마자 밀감에 관해 물었다. 그러자 좌자가 한두 개밖에 남아 있지 않은 앞니를 드러내며 웃었다.

"난 모르는 일이오. 어디 한번 봅시다."

좌자는 직접 밀감을 집어 껍질을 깠다. 달콤한 과즙이 그의 손안에서 흘러내렸다.

"이 밀감을 하나 드셔 보십시오. 막 나무에서 딴 것처럼 싱그럽습니다."

조조는 놀랐지만 이내 마음을 가라앉히고 좌자에게 말했다.

"독이 있는지 먼저 먹어 보아라."

좌자가 웃으며 답했다.

"제가 밀감 맛을 만끽하려면 산에 있는 모든 귤나무의 열매를 먹어야 합니다. 바라건대 술과 고기를 내주시면 밀감을 입가심으로 먹고 싶습니다."

조조는 부하를 시켜 술 다섯 되와 함께 양을 통째로 구워 내놓았다. 좌자는 그것을 모두 먹고도 아직 뭔가 부족한 표정을 지어 보였다. 조조는 그가 보통 사람이 아니라는 것을 깨닫고 부드러운 말투로 물었다.

"그대는 도를 닦은 사람인가?"

"고향을 떠나 서천의 가릉을 떠돌다 아미산에 들어가 도를 공부한 지 삼십 년이 되었습니다. 도술을 깨우쳐 몸을 바꾸고 칼을 날려 사람의 목을 취하는 것 등은 손쉽게 할 수 있습니다. 그런데 오늘

보니, 왕께서는 이미 최고의 자리에 올라 앞으로 인간 땅에서는 더 높은 곳으로 올라갈 수 없을 듯합니다. 어떻습니까? 이제 벼슬을 박차고 나와 이 좌자의 제자가 되어 함께 아미산에서 도를 닦지 않겠습니까?"

"흐음, 그 말도 일리가 있군. 하지만 아직 천하를 손에 넣지 못했소. 나를 대신하여 조정을 돌볼 사람이 없소. 그러니 내 한 몸 한가로이 도술이나 닦고 있을 수야 없지 않겠소이까."

"그 점은 걱정하실 필요가 없습니다. 황제의 종친인 유비에게 맡기면 왕께서 다스릴 때보다 나라와 백성이 편안할 것입니다."

조조의 얼굴빛이 점점 붉으락푸르락 변하더니 눈에 핏발까지 섰다.

"그리 지껄이는 걸 보니 네놈은 유비의 첩자로구나!"

곧이어 병사들이 좌자를 옭아매 감옥에 집어넣었다. 그러고는 좌자를 고문했는데 옥 안에서는 좌자의 웃음소리만 울려 퍼졌다. 심지어 목에 커다란 철 칼을 채우고 두 발에 쇠사슬을 채운 뒤 기둥에 묶어 놓았는데도 좌자는 코를 골며 잠까지 잤다.

조조는 그 말을 듣고 좌자에게 음식과 물을 절대로 주지 말라고 명했다. 하지만 일주일이 지나고 열흘이 지나도 좌자의 얼굴은 더 좋아질 뿐이었다.

"대체 네놈은 사람이냐 귀신이냐?"

조조가 묻자 좌자가 껄껄 웃으며 대답했다.

"하루에 양 천 마리를 먹어도 배부르지 않고 십 년을 먹지 않아도 배가 고프지 않소. 그런 사람을 붙잡아 놓고 왕께서 하는 짓이란 하늘을 향해 침을 뱉는 것과 같소이다."

좌자의 말에 조조는 할 말을 잃고 말았다.

때마침 그날은 위 왕궁의 완성을 축하하는 날이라 여러 지역에서 바친 산해진미*가 가득했다.

"백 가지 진귀한 음식이 있어도 겨울이라 향기로운 꽃 한 송이 없으니 섭섭하지 않으신지요? 제가 술상을 장식할 꽃을 바칠까 합니다."

"꽃이라면 모란이 좋겠구나. 거기 있는 큰 화병에 어서 모란을 가득 채워 보라."

"저도 그럴 참입니다."

좌자는 입에서 물을 뿜었다. 그러자 순식간에 붉고 큰 모란들이 한들한들 피어올랐다.

왕궁에 초대된 손님들이 모란을 보고는 모두 제 눈을 의심하며 놀랐다. 그때 요리사가 손님들의 술상 위에 생선 요리를 내놓았다. 생선을 흘끗 본 좌자가 말했다.

"위 왕께서 베푸는 성대한 잔치에 이름도 모를 생선 요리라니 너무 빈약하지 않소이까? 어찌 송강의 농어를 잡아 손님들에게 대접하지 않으십니까?"

"농어는 살아 있어야 제 맛인데 어찌 천 리나 떨어진 송강에서 농어를 산 채로 가져올 수 있으리."

산해진미 산과 바다에서 나는 진귀하고 맛있는 음식.

"그럼 제가 송강의 농어를 구해 드리겠습니다."

"좌자, 농이 지나치구나. 지키지도 못할 말로 손님들의 흥을 깨지 말라."

"아닙니다. 정말입니다. 낚싯대 하나를 빌려 주시면 제가 농어를 올리겠습니다."

좌자는 낚싯대를 들고 난간 아래로 줄을 늘어뜨렸다. 잠시 뒤 커다란 농어 몇 마리가 올라왔다.

"송강의 농어는 몇 마리나 필요하신지요?"

"좌자, 네가 낚은 것은 모두 내가 연못에 풀어놓았던 농어가 아니냐."

"농담도 잘하십니다. 송강의 농어는 아가미가 네 개고 다른 농어는 두 개밖에 없습니다. 한번 보시지요."

조조의 부하가 농어의 아가미를 살펴보자 모두 네 개였다. 조조와 손님들은 놀라지 않을 수 없었다. 조조는 더욱 화가 치밀었다.

"자고로 송강의 농어를 요리하여 온전히 그 맛을 즐기려면 반드시 생강을 곁들여야 한다고 했다. 그대가 구할 수 있겠는가?"

"참으로 쉬운 일입니다."

좌자가 왼쪽 소매에 손을 넣었다 빼니까 금세 생강 몇 개가 나왔다. 좌자는 황금 화분에 생강을 올려 보여 주었다. 조조가 화분을 살펴보니 어느 순간 생강이 서책으로 변해 있었다. 서책에는 《맹덕신서》라고 쓰여 있었다.

조조는 좌자가 자신을 비꼬는 거라 생각했지만 사람들 앞이라 아무렇지 않은 듯 말했다.

"좌자, 이것은 누가 쓴 책인가?"

"하하하, 글쎄 누가 쓴 것이겠습니까? 어차피 그리 대단한 것도 아닐 것입니다."

조조가 집어 들고 펼쳐 보는데 자신이 쓴 책과 한 자도 다른 데가 없었다. 조조는 속으로 반드시 좌자를 없애야겠다고 마음먹었다.

"왕께 늙지 않고 오래 살 수 있는 술을 드리겠습니다."

어느새 좌자가 조조의 곁으로 와 있었다. 그는 관 위의 구슬을 따서 술잔 속에 선 하나를 그리더니 자신이 먼저 반을 마시고 나머지 반을 조조에게 건넸다.

조조가 술을 받아 마셨는데 술맛이 싱거웠다. 더는 참지 못한 조조가 술잔을 내려놓고 호통을 치려는 순간 좌자가 잔을 빼앗은 뒤 천장으로 내던졌다. 놀랍게도 잔은 흰 비둘기로 변했다. 비둘기는 날개를 퍼덕이며 위 왕궁을 날아다니더니 어느새 내려앉아 술을 엎지르고 꽃병을 쓰러뜨리는 등 난리를 피웠다. 그렇게 소란스러운 사이 좌자는 사라지고 없었다. 이를 깨달은 조조가 좌자를 붙잡으라고 소리쳤다.

병사들이 서둘러 좌자를 잡으러 분주히 움직이는데 궁궐 문을 지키던 병사가 와서 말했다.

"푸른 의복을 입고 등나무 꽃을 관에 꽂은 노인이 성 밖에서 서성거리고 있습니다."

"어서 빨리 잡아들여라."

조조는 허저에게 준엄한 목소리로 명을 내렸다.

허저는 병사들을 이끌고 좌자의 뒤를 쫓았다. 이윽고 허저는 앞서가는 좌자를 발견했다. 좌자는 절뚝거리며 가고 있었는데, 아무리 말을 달려 쫓아가도 좀처럼 거리가 좁혀지지 않았다.

마침내 산기슭까지 이르자 허저가 부하들에게 활을 쏘라고 명령했다. 병사 오백 명이 한꺼번에 활시위를 당겼다. 그런데 저편에 있던 좌자가 어느새 자취를 감추고 하얀 구름 같은 양들만 한가롭게 풀을 뜯고 있을 뿐이었다.

그곳에 도착한 허저는 분명히 양들 중에 좌자가 있을 거라 여겨 수백 마리의 양을 한 마리도 남기지 않고 죽였다.

허저는 돌아오는 도중에 혼자서 엉엉 울고 있는 사내아이를 만났다.

"애야, 무슨 일로 그리 울고 있느냐?"

"당신이 내가 키우고 있는 양을 모두 죽여 놓고선 왜 울고 있느냐고? 바보 같으니라고!"

아이는 욕을 하고 도망쳤다. 그러자 허저가 아이를 수상히 여기며 활을 쏘았다. 하지만 아무리 활을 쏘아도 활은 힘없이 땅바닥으로 떨어질 뿐이었다. 그사이 아이는 자신의 집에 들어가 더 큰 소리로 울기 시작했다.

다음 날 아이의 부모가 사죄하러 위 왕궁으로 왔다. 자식인 완백이 허저가 양을 죽였다며 욕을 했는데 오늘 아침에 일어나 보니 하룻밤 사이에 죽었던 양들이 모두 살아나 평소처럼 무리를 지어 놀고 있었다. 기괴한 일이지만 어쨌든 양들이 살아 있으니 자식의 죄를 사죄하러 왔다는 것이었다.

조조는 오싹한 기분이 들었다. 그렇다 보니 더욱더 좌자를 찾아내 죽여야 한다는 생각이 들었다. 그래서 화가를 불러 좌자의 초상*을 그리게 한 다음 전국 각지에 나눠 주었다. 그랬더니 사흘 사이에 각 지역에서 사·오백 명의 좌자를 붙잡아 왔다. 왕국에 있는 감옥은 좌자들로 가득 찼다. 잡혀 온 자들 모두 애꾸눈에 다리를 절고 등나무꽃을 관에 꽂고 푸른 의복을 입고 있었다.

"한 명씩 조사하는 것도 번거롭구나."

조조는 사·오백 명의 좌자를 한 줄로 묶어 한꺼번에 목을 베어 버렸다. 그 뒤 시체들 속에서 한 줄기 푸른 연기가 피어오르더니 안개처럼 하얀 학을 탄 좌자가 모습을 드러냈다. 좌자는 위 왕궁 안을 날아다니다 갑자기 공중에서 손뼉을 치며 소리쳤다.

"간사한 영웅은 머지않아 죽음을 맞으리라!"

조조는 부하들에게 명령하여 공중을 향해 화살을 퍼붓게 했다. 그때 갑자기 사나운 바람이 불었다. 모래와 돌이 날리자 사람들은 얼굴을 숙이고 눈을 감았다.

그날 태양은 새하얗고 구름은 취한 사람의 눈처럼 빨갛게 물들었다. 이를 본 백성들은 물론 천하무적의 용감한 장군들도 두려움에 떨었다.

초상 그림으로 그린 사람의 모습.

술 취한 장비의 계략

좌자가 사라진 뒤로 조조는 입맛을 잃고 자주 감기에 걸려 앓아 누웠다. 하루는 조조가 부하를 불러 물었다.

"허창에 점을 잘 보는 자가 있는가?"

"관로라는 자가 있습니다. 생김새가 볼품없고 성격이 괴팍스러운데 신통한 능력이 있습니다. 어릴 때부터 하루에 책 백 권을 읽고 천가지 새로운 말을 했다고 합니다."

"그가 내놓은 신통한 점괘는 무엇이 있나?"

"어떤 여자가 소를 도둑맞고 나서 관로에게 점을 쳐 달라고 했습니다. 관로가 점을 보고 하는 말이 북쪽 계곡에 가면 남자 일곱 명이 있는데 아직 가죽과 고기는 남아 있을 것이라 했습니다. 여자가 가 보니 정말로 남자 일곱이 둘러앉아 소를 삶아 술과 함께 먹고 있었습니다. 여자는 바로 관아에 고하여 도둑들을 붙잡았고 가죽과 고기를 건질 수 있었다고 합니다."

"흐음. 그뿐인가?"

"한번은 관로가 길을 가고 있는데 소년 하나가 지나갔습니다. 관로는 사람을 보면 관상을 보는 습관이 있어 소년의 관상을 봤다고 합니다. 관로는 자신도 모르게 소년을 보며 '안타깝게도 너는 삼 일 안에 죽겠구나.' 하고 말했다고 합니다. 소년은 울면서 아비에게 말했고, 그 아비가 당황하며 관로의 집을 찾아가 어떻게든 삼 일 안에 죽지 않게 해 달라고 애원했습니다."

조조는 기다렸다는 듯이 말을 했다.

"내가 알고 싶었던 게 바로 그것일세. 화를 미리 막을 수 있는 방법 말이야. 그래서 관로는 뭐라 말했느냐?"

"사람의 목숨은 하늘이 정하는 것이라 사람의 힘으로는 어쩔 수 없다며 거절했다 합니다. 그런데 아비와 소년이 울음을 멈추지 않자 이를 불쌍히 여긴 관로가 방법을 가르쳐 주었답니다. 내일 맛이 좋은 술 한 동이와 사슴고기포를 가지고 산으로 가면 큰 나무 아래에서 두 사람이 바둑을 두고 있을 것이라 했습니다. 한 사람은 붉은 옷을 입고 자태가 아름다운 자로 북쪽을 향해 앉아 있을 것이고 또 한 사람은 얼굴은 추하지만 귀인이라고 했습니다. 그 두 사람에게 공손히 다가가 술을 올리고 청하라 했습니다. 단, 자신이 가르쳐 주었다는 말은 해서는 안 된다고 주의를 주었습니다. 다음 날, 아비와 소년은 술과 사슴고기포를 들고 산으로 갔습니다. 깊은 골짜기를 헤매다 나무 아래서 바둑을 두고 있는 두 사람을 발견했습니다. 조용히 두 사람 곁으로 가서 술을 권했습니다. 두 사람은 술을 마시며 바둑을 두었고 이윽고 아비가 애원을 하며 말했습니다. 그러자 두 사람이 깜짝 놀라 이는 분명 관로의 짓이 틀림없다며 곤란한 표정을 지었습니다. 그러더니 가슴에서 각각 명부*를 꺼내 서로 쳐다보며 말했습니다. '이미 인간에게 사사로운 보시*를 받았으니 어쩔 수 없구나. 너는 올해 열아홉으로 그 목숨이 다하게 되어 있지만 19에서 1자를 9자로 바꿔 99로 해 주겠다.'고 했습니다. 두 사람은 서로 고개를 끄덕이며 9자를 쓴 다음 하늘에서 학을 부르더니 훌쩍 올라타고는 사라졌다고 합니다. 관로는 그 일이 있은 다음 천기*를 누설한 죄를 크게 뉘우치며 누가 뭐라고 해도 절대로 점을 치지 않는다고 합니다."

누가 뭐라고 해도 절대로 점을 치지 않는다는 말에 조조가 갑자기 눈을 치켜뜨며 말했다.

"관로는 지금 어디에 있는가? 어서 관로를 위 왕궁으로 데려오라."

얼마 뒤 관로가 조조 앞에 나타났다.

"관로, 내 병은 어떻소? 아무래도 요사스러운 기운에 홀린 듯하오만."

조조가 좌자를 만난 일을 자세하게 이야기하자 관로가 웃으면서 말했다.

"사람의 마음과 눈을 어지럽혀 홀리는 것인데 어찌 그런 것에 마

명부 어떤 일과 연관 있는 사람들의 이름 등을 적은 수첩. | **보시** 널리 베풀어 주는 일.
천기 하늘의 비밀.

음을 쓰십니까."

조조는 이내 마음이 놓였는지 표정이 밝아졌다.

"그 말을 듣고 보니 몽롱한 기운이 맑아지는 것 같구려. 그럼 더 큰 일에 대해 묻겠소. 요즘 오와 촉은 어떤 상태라고 보시오?"

"오는 중요한 대신이 죽고 촉은 반드시 가까운 시일 안에 다른 곳을 침범할 것입니다."

관로의 점괘는 정확했다. 며칠 뒤 정말로 합비성에서 오의 공신 인 노숙이 병에 걸려 죽었다는 소식이 전해졌다. 조조를 더욱 놀라 게 한 것은 촉의 유비가 한중을 공격할 준비를 하고 있다는 소식이 었다.

조조는 출정 준비를 하면서 관로의 말을 떠올렸다.

"내년 이른 봄, 반드시 큰일이 생길 것입니다. 그러니 절대 멀리 나가서는 안 됩니다."

결국 조조는 조홍을 한중으로 보내고 자신은 위 왕궁에 머물렀 다.

한편 조조가 위 왕의 자리에 오른 뒤로 한나라 황실의 충신들은 은밀히 연락을 나누고 있었다.

"조조는 위 왕 이상의 자리를 바라고 있소. 틀림없이 가까운 시 일 안에 황제의 자리에 오르려 할 것이오."

"한나라 황실의 신하인 우리가 어찌 조조의 죄악을 그냥 두고 볼 수 있겠소. 그가 왕 중 왕인 황제가 된다는 건 결코 있을 수 없는 일 이오."

"그대들도 알고 있겠지만 돌아가신 길평에게 아들 길막과 길목이 있소. 길평은 동승과 함께 조조를 제거하려다 죽임을 당한 분이오. 그러하니 그의 아들들을 불러 우리의 뜻을 이야기하면 아버지의 원수를 갚으려 할 것이오."

한나라 황실의 충신 중 김위가 길평의 두 아들을 찾아갔다. 길막과 길목은 김위의 이야기를 듣고 드디어 때가 왔다며 흥분을 감추지 못했다.

그렇게 한 해가 저물고 정월 대보름 밤이 되었다. 매해 이맘때면 집집마다 문에 빨갛고 파란 등불을 내건 뒤 노인에서 아이들까지 놀이를 하며 즐겼다. 세 사람은 그날 밤에 계획을 펼치기로 했다.

성안에서도 술자리가 떠들썩하게 벌어졌다. 그런데 갑자기 여기저기서 불꽃이 일더니 불이 활활 타올랐다. 그 순간 거리와 위 왕궁에서 역적 조조를 죽이라는 목소리가 울려 퍼졌다. 하후돈이 멀리서 불길을 보고 성안으로 달려왔다. 그는 김위를 비롯해 길막과 길목 형제를 잡아 목을 베었다.

한중으로 온 조홍은 촉의 마초에 맞서 싸우고 있었다.

"아무리 공격해도 마초가 움직이지 않는구나. 그토록 용맹한 자가 움직이지 않는 걸 보니, 무슨 계략이 있을 것이다."

조홍의 말에 장합이 달갑지 않은 표정으로 나섰다.

"장군, 제게 병사 삼천 명을 주십시오. 장비가 있는 파촉 지방으로 가서 장비의 군대를 때려 부수고 오겠습니다."

"장비는 무시할 만한 장수가 아니네. 만약 그대가 패하면 어떻게 하겠는가?"

"장비를 산 채로 잡아 오지 못한다면 어떤 벌이라도 달게 받겠습니다."

장합이 자신만만하게 말하자 조홍은 할 수 없이 군대를 내주었다.

파촉 지방은 산이 험하고 골짜기가 깊었다. 장합은 세 곳에 진을 쳤다. 첫 번째는 탕거채, 두 번째는 몽두채, 세 번째는 탕석채였다.

장합은 병사들을 반만 이끌고 파촉으로 나아갔다. 그 소식을 들은 장비도 군대를 이끌고 파촉을 나섰다. 두 사람은 약속이라도 한 듯 산골짜기에서 맞부딪쳤다.

"저기, 장합이다."

장합이 퇴로*를 살펴보니 뒤쪽으로는 산이 아래쪽으로는 촉의 깃발이 보였다.

"이놈 거기 꼼짝 말아라!"

장비가 고함을 치며 쫓아가자 장합은 탕거채로 도망쳐 들어가 문을 굳게 걸어 잠갔다. 그러고는 높은 지대에 올라가 날마다 부하들과 술을 마셨다.

그 뒤로 장비가 욕을 해 대도 장합은 꼼짝하지 않았다.

"거참 잘도 참는구나. 이래서는 쇠귀에 경 읽기나 마찬가지다."

그렇게 며칠이 지났다. 그런데 이번에는 무슨 일인지 장합의 병사

퇴로 뒤로 물러날 길.

들이 장비 쪽 산을 향해 욕을 퍼부었다. 그런 상태가 보름이나 계속되자 촉의 병사들도 마음이 편치 않았다. 장비는 계책을 하나 떠올린 뒤 장합의 탕거채 앞에 진을 쳤다. 그런 다음 술을 가져와 부하들과 잔치를 벌였다.

얼큰하게 취한 장비는 산 위를 향해 다시 욕을 퍼붓기 시작했다. 기분이 좋아진 부하들도 장비를 따라 큰 소리로 욕설을 퍼부었다.

"이제 장비가 될 대로 되라고 생각한 모양이구나. 그래도 아직은 먼저 공격해서는 안 된다."

장합은 병사들에게 힘주어 말했다.

장비와 장합의 소식은 유비에게도 전해졌다. 날마다 장비가 탕거채 앞에서 술을 마시며 욕을 한다는 이야기에 유비는 놀라지 않을 수 없었다. 유비가 제갈량을 붙잡고 물었다.

"장비의 나쁜 습관이 나온 듯 한데 어찌하면 좋겠소?"

제갈량이 껄껄 웃었다.

"그곳에는 좋은 술이 없으니 서둘러 맛있는 술 오십 통을 보내 줘야 할 듯합니다."

"아니 될 말씀이오. 장비는 이제까지 술 때문에 많은 실패를 겪었소이다."

유비가 답답해하자 제갈량이 다시 말했다.

"황숙께서는 장비와 꽤 오랜 세월 형제처럼 지내 오셨으면서도 그의 진짜 속내를 모르시는 것 같습니다. 장비는 지금 장합을 속이기 위해 술을 마시고 욕을 하는 것입니다."

유비는 고개를 끄덕였다.

"하지만 좀처럼 불안이 가시지 않소. 그럼 위연에게 술을 가지고 가라고 합시다."

위연은 명을 받고 장비에게 술을 가져다주었다. 장비는 기뻐하며 마음껏 술을 마셨다.

"드디어 장비의 마음이 풀어졌구나. 좋다, 오늘 밤 단숨에 네놈을 박살내 주마."

장합은 몽두채와 탕석채에 있는 두 장수에게 전투 준비를 명하고 달빛을 이용해 산을 내려갔다. 그런 다음 술을 마시는 장비에게 다가갔다. 하지만 장비는 술에 취해 정신이 없는지 움직일 생각을 하지 않았다. 장합이 창으로 장비를 깊숙이 찔렀다. 그런데 창끝에서 전해 오는 촉감이 이상했다.

"아니, 이럴 수가!"

분명 장비라고 생각했던 사람이 짚으로 만든 허수아비였던 것이다. 당황한 장합이 물러서려 하는데 갑자기 호랑이 수염을 한 장비가 앞을 막아섰다.

"여기 장비가 기다리고 있다. 오늘이야말로 끝장을 보자꾸나."

장비가 장팔사모를 휘두르며 장합을 향해 달려들었다. 장합은 잠시 장비와 맞서 싸우다 도망을 쳤다. 그는 얼마 남지 않은 병사들을 모아 간신히 와구관으로 도망쳐 들어갔다. 그러고는 다시 굳게 문을 닫아 걸었다.

위연을 이끌고 쫓아간 장비는 와구관을 함락시키기 위해 며칠에 걸쳐 공격했다. 하지만 와구관은 견고하고 지세도 험해 애를 먹었다. 그러던 어느 날, 장비는 등짐을 진 농부들이 등나무 덩굴과 덩굴풀에 매달려 산을 넘어가는 모습을 보았다.

장비가 위연을 곁으로 불렀다.

"위연, 와구관을 깰 방법을 저 농부들이 가르쳐 주고 있네."

위연은 장비의 말을 이해하지 못한 채 멀리 사라져 가는 농부들을 바라볼 뿐이었다.

"어서 저들을 쫓아가 이리로 데려오라."

이윽고 병사들이 농부들을 데리고 왔다.

장비는 조용하면서도 부드러운 목소리로 물었다.

"너희는 어찌 이런 험한 산길을 이용해 산을 넘으려 하느냐?"

농부들 가운데 가장 나이가 많은 사람이 쩔쩔매며 대답했다.

"큰길에서 싸움이 벌어지고 있다는 얘기를 들어 산을 넘어서 가고 있었습니다."

장비는 고개를 크게 끄덕이고는 위연에게 명을 내렸다.

"서둘러 병사를 이끌고 와구관 정면을 공격하라. 나는 저 농부들을 길잡이 삼아 산을 넘어가 공격하겠다."

장비와 위연은 와구관에서 승리한 뒤 만날 것을 약속한 다음 병사들을 이끌고 출발했다.

와구관에서 한숨을 돌리고 있던 장합은 몇 번에 걸친 적의 공격에도 와구관을 무사히 지켜 내고 있었다.

"지금 위연의 군대가 오고 있습니다."

부하의 보고를 듣고 장합은 와구관을 나왔다. 그때 와구관 뒤쪽에서 불길이 치솟으며 사방으로 번지기 시작했다. 장합은 말을 돌려 와구관으로 돌아갔지만 그곳은 이미 장비의 군대가 장악하고 있었다. 장합은 할 수 없이 말을 버리고 와구관 옆 샛길로 도망쳤다. 그는 미끄러지기도 하고 여기저기 긁히며 내달렸다.

조홍은 장합의 패전 소식을 듣고 불같이 화를 냈다.

"전쟁에서 패하고 혼자 살아 돌아오다니 참으로 뻔뻔하구나. 여봐라, 저자를 끌고 가 당장 목을 쳐라."

조홍의 말에 부하들이 말리고 나섰다.

"장합의 죄는 용서하기 어렵지만 장합은 위 왕이 아끼는 장수입니다. 잠시 목숨을 살려 두고 한 번 더 기회를 주십시오. 만약 이번에도 실패하면 그때 목을 쳐도 늦지 않을 것입니다."

조홍은 장합의 목숨을 살려 주고는 촉의 가맹관을 공격하라고 지시했다.

유비와 조조의 한중 쟁탈전

　　장합은 병사 오천 명을 이끌고 가맹관으로 달려갔다. 이번에는 장합의 의지가 강해 촉의 군대가 장합의 군대를 물리치는 게 쉽지 않았다.

　　가맹관에서 지원군을 보내 달라고 하자 제갈량은 장군들을 불러 대책을 세웠다.

　　"장비는 와구관에서 낭중을 지키고 있지만 장합을 상대할 사람은 장비가 아니고서는 없을 듯싶소."

　　제갈량의 말이 끝나기도 전에 황충이 거칠게 말했다.

　　"그렇게 말씀하시면 서운합니다. 제가 반드시 장합의 목을 쳐서 가지고 오겠습니다."

　　"장군은 나이가 많아 장합을 상대하기에는 무리가 있소."

　　"나이는 먹었지만 활 세 발을 한 번에 쏠 수 있으며 몸에는 천 근이나 나가는 칼을 차고 있습니다."

황충은 칼을 휘둘러 벽에 걸려 있는 큰 활시위의 줄을 단숨에 끊어 버렸다.

"좋소이다. 그럼 장군이 군대를 이끌도록 하시오."

이윽고 황충은 병사를 이끌고 가맹관에 도착했다. 그러자 장합이 말을 타고 달려와 황충의 진영을 향해 외쳤다.

"나이를 먹고도 부끄러운 줄 모르고 싸우려 하느냐. 참으로 가소롭구나."

"나는 비록 나이를 먹었지만 내 손안의 칼은 나이를 먹지 않았다. 내 칼 맛을 보고도 그런 말이 나오는지 두고 보자꾸나."

황충이 말을 달려 장합에게 달려들었고 장합도 창을 휘둘렀다. 하지만 얼마 못 가 장합의 군대는 빠르게 무너지고 말았다. 황충은 승리를 기뻐하며 서둘러 유비에게 소식을 전했다.

"지금이야말로 대군을 이끌고 한중을 공략할 때입니다. 한중을 차지한 뒤에 군량을 모으고 병사들을 훈련시켜 조조를 칠 계획을 짜야 할 것입니다. 하늘이 우리에게 주신 기회를 놓쳐서는 안 될 것입니다."

마침내 유비는 십만 대군을 이끌고 출정하기로 마음먹었다.

유비의 십만 대군은 조운을 앞세워 가맹관을 나와 진을 쳤다. 한편 제갈량은 황충, 장비, 위연, 마초에게 계책을 전해 한중 공략의 준비를 모두 마쳤다.

그 소식을 들은 조조는 곧바로 사십만 대군을 이끌고 허창을 나섰다. 조조는 황금 안장을 얹은 백마에 올라타서 옥으로 만든 재갈을 잡았다. 조조가 한중에 도착하자 조홍은 장합이 패한 이야기를 전했다.

"그건 장합의 죄가 아니다. 싸우다 보면 이길 때도 있고 질 때도 있으니 장수를 원망할 수는 없다."

조조는 가장 먼저 하후연에게 출정 명령을 내렸다. 그러자 하후연이 장합을 불러 말했다.

"지금 위 왕께서 한중에 도착하셨는데 내게 적을 치라 하셨소. 마음껏 싸워 황충을 사로잡아 보이겠소."

"부디 경솔하게 출정해서는 안 됩니다. 황충은 지혜와 용맹을 갖춘 장수입니다. 나가서 싸우지 말고 굳게 지키는 것이 현명합니다."

"만약 이번 결전에서 그 공을 다른 자에게 빼앗긴다면 내 무슨 면목으로 위 왕을 뵙겠는가. 나는 산을 내려가 싸울 것이니 장군은 이곳을 잘 지키시오."

하후연은 장합의 말을 귀담아듣지 않고 공격에 나섰다.

그 무렵 황충은 진을 치고 며칠 동안 머물렀다 다시 앞으로 나가 진을 치는 식으로 차근차근 나아가고 있었다. 얼마 뒤 하후연의 군대는 황충의 계책에 빠져들고 말았다. 하후연은 겨우 본진으로 돌아가 굳게 문을 닫았다.

황충은 정군산을 차지하고 느긋하게 진을 쳤다. 그러고는 맞은편에 있는 하후연의 진영을 살폈다. 이튿날에는 산 곳곳에 깃발을 세우고 병사들을 움직여 적의 공격을 유도했다. 그러자 하후연은 참지 못하고 출정 준비를 했다. 그때 장합이 말했다.

"이번에도 적의 계책이 분명합니다. 장군께서 먼저 나가시면 안 됩니다."

"무슨 소리인가. 지금 황충이 맞은편 산 정상에서 우리 군을 내려다보고 있소. 이를 가만히 두었다가는 아군에게 큰 화근이 될 것이오."

이윽고 하후연은 병사 절반을 본진에 남겨 두고 나머지 병사를 이끈 채 맞은편 산으로 향했다. 하후연은 산기슭에 도착한 뒤 황충을 향해 욕설을 퍼부었다. 하지만 황충의 군대는 아무 반응도 하지 않고 나올 기색도 보이지 않았다.

그렇게 며칠이 지나자 하후연의 병사들은 제풀에 지치고 말았다. 그때 황충이 백기를 들어 올려 병사들에게 신호를 보냈다. 황충의 군대가 함성을 지르며 공격했고 하후연의 군대는 쉽게 무너져 버렸다. 황충은 하후연을 향해 그대로 달려들어 칼을 내리쳤다. 그 모습을 본 하후연의 병사들은 우왕좌왕 도망치기 바빴다.

그날 밤 유비는 노장 황충을 칭찬하며 큰 잔치를 베풀었다.

조조는 하후연이 죽었다는 소식을 듣고 서황을 앞세워 한수까지 쳐들어왔다.

"군사, 이번에도 제게 명을 내려 주시면 꼭 성공시키겠소이다."

황충이 제갈량에게 말했다.

"그럼 조운을 데려가 무슨 일이든 협의해 싸우시오."

그길로 황충과 조운은 한수로 향했다.

"장군은 이번 일을 아무 망설임도 없이 맡으셨는데, 대체 어떤 묘책을 가지고 계십니까?"

조운이 황충에게 물었다.

"묘책 따위는 없소이다. 그저 성공하지 못하면 죽음을 각오할 뿐이오. 이번뿐만 아니라 나는 늘 싸움에 임할 때마다 그런 각오를 한다오."

황충은 병사들을 이끌고 위의 진영으로 깊숙이 들어갔다.

"공격해서 적의 막사에 불을 질러라."

황충이 우렁찬 목소리로 명령을 내렸다. 촉의 병사들은 아침 안개를 뚫고 울타리를 부수거나 뛰어넘어 올라갔다. 온 산이 불길에 휩싸이고 양군은 해가 뜰 때까지 치열하게 싸웠다. 하지만 쉽게 승부가 나지 않았다.

시간이 지나도 황충이 돌아오지 않자 조운은 곧바로 병사들을 이끌고 검은 연기가 피어오르는 북산으로 달려갔다. 그는 닥치는 대로 위의 병사들을 물리쳤다.

"조 장군이다."

황충의 군대는 조운이 나타나자 환호성을 쳤다.

"황 장군, 이제 안심하십시오."

높은 곳에서 그 상황을 지켜보던 조조가 부하들에게 명을 내렸다.

"저자는 조운이다. 조운이 아니고서야 저렇게 싸울 수 있는 자가 없다. 경솔하게 맞서 싸우지 말라."

조조는 병사들을 수습해 새로운 진영을 짠 뒤 직접 싸움에 나섰다. 그사이 조운은 황충과 함께 진영으로 돌아왔다. 그런데 숨 돌릴

틈도 없이 새로운 소식이 전해졌다.

"조조가 대군을 이끌고 오고 있습니다. 머지않아 이쪽으로 올 것입니다."

"지난날 장판교에서 조조와 싸운 사람이 누구인지 모르더냐? 모든 문을 열고, 궁수들은 호수 부근에 몸을 숨겨라. 깃발을 내리고 북을 치지 말라. 설사 적이 보이는 곳까지 와도 절대로 움직이지 말라."

조운은 그렇게 말한 다음 성의 다리 위에서 창을 비껴들고 서 있었다.

"성 앞에 누군가가 있다."

서황의 군대가 조심스럽게 나아갔다. 하지만 다리 위의 조운은 전혀 꼼짝도 하지 않았다. 서황이 두려운 마음에 급히 말을 돌리려고 했다. 그러자 조운이 서황을 향해 소리쳤다.

"어찌 여기까지 와서 그대로 도망치려고 하는가."

서황은 용기를 내 호수로 향했다. 바로 그때 조운이 고함을 쳤고, 호수 부근에서 무수히 많은 화살이 쏟아져 나왔다. 위의 군대는 순식간에 무너지고 말았다. 서황은 물론 조조까지 뒤도 돌아보지 않고 도망쳤다.

조조는 진영으로 돌아와 고민 끝에 유비에게 결전장을 보냈다.

위와 촉의 운명을 걸고 내일 오계산 앞에서 결판을 내자.

유비도 싸움을 흔쾌히 받아들였다.

다음 날 촉의 군대는 위풍당당하게 나아갔다. 위의 대군도 위 왕의 깃발을 세우고 의기양양하게 맞섰다.

"유비는 어디 있는가?"

조조가 말 위에서 소리치자 유비가 말을 타고 나왔다.

"조조, 정말 오랜만이구나. 네가 오늘 헛되이 죽음을 맞이하려 하는구나."

화가 난 조조가 맞받아쳤다.

"은혜도 모르는 놈, 그 입 닥치지 못할까! 나는 대역죄를 벌하기 위해 왔노라."

"실로 가소롭구나. 나는 한나라 황실의 종친이거늘, 감히 네놈이 무엇인데 황제 노릇을 하려고 드느냐. 오늘이야말로 네놈의 대역죄를 벌하겠노라."

드디어 위와 촉의 싸움이 벌어졌다.

점심때까지 위가 기세를 올리며 앞서 나갔다. 촉의 병사들은 말을 버리고 도망쳤다.

"쫓지 말라. 퇴각을 알리는 징을 울려라."

조조가 급히 군대를 물리자 부하들이 의아해했다. 조조는 촉의 군대가 거짓으로 도망가는 것이라고 생각했다. 그런데 촉은 위가 군대를 물리자마자 거세게 공격을 퍼부었다. 제갈량이 조조에게 쓴 작전은 조조 스스로 자신의 지혜와 싸우게 하여 그 허를 찌르는 것이었다.

촉의 대군은 남정, 낭중, 포주 지방까지 밀고 들어갔다. 그러자 조조가 그곳으로 허저를 내보냈다.

"적은 계곡 아래에 있으니 바위를 굴려라."

허저는 지형의 특성을 이용해 적을 공격했다. 그런데 어찌 된 일인지 오히려 머리 위에서 바위와 돌이 굴러 떨어졌다. 촉의 숨은 병사들이 산 아래뿐 아니라 위에도 있었던 것이다.

허저마저 패하자 조조는 싸울 힘을 잃었다. 그때 조조의 둘째 아들 조창이 병사 오만 명을 이끌고 나타났다. 조창은 오랑캐의 반란을 진압하러 갔다 조조를 돕기 위해 달려온 것이었다.

"내 아들 조창이 왔으니 유비를 무찌르는 것은 손안의 달걀을 깨는 것보다 쉬운 일이다."

조조는 다시 힘을 얻었고, 조창은 촉의 군대를 향해 돌진했다.

"나는 위 왕의 둘째 아들 조창이다. 아버지를 대신해 왔으니 유비는 당장 나오너라."

유비 쪽에서는 양자 유봉이 나서 싸웠다. 하지만 유봉은 조창의 상대가 되지 않았다. 그는 조금 싸우다 말을 돌려 물러섰다.

"유봉, 도망치느냐. 아비 유비의 얼굴에 먹칠을 할 셈이냐."

조창은 유봉을 욕하며 쫓았다. 그때 조창이 이끄는 군대가 뒤편에서부터 무너지기 시작했다. 조창은 더는 유봉을 쫓지 못하고 돌아서야 했다. 촉의 장군들을 이기기에는 아직 역부족이었기 때문이다.

조조의 근심은 날이 갈수록 깊어졌다.

'군대를 수습하여 돌아가 천하의 웃음거리가 될 것인가. 이곳에

머물며 끝까지 싸울 것인가. 촉의 군대는 날로 기세를 올리고 있으니 어찌하면 좋단 말인가.'

조조가 머리를 싸매고 생각에 잠겨 있을 때 요리를 담당하는 관원이 식사를 놓고 나갔다. 상 위에는 따뜻한 닭국이 놓여 있었다. 조조가 닭갈비를 뜯어 입에 넣으려는 순간 하후돈이 들어왔다.

"오늘 밤 암호는 무엇으로 하시겠습니까?"

조조는 아무 생각 없이 '계륵'이라고 중얼거렸다. 계륵은 '닭의 갈비'라는 뜻이다. 조조가 마침 닭의 갈비를 뜯고 있던 터라 무의식중에 한 말이었다. 하지만 하후돈은 조조가 그리 말한 데에는 무엇인가 깊은 뜻이 있다고 믿었다. 그는 성안을 돌며 경계 근무를 서는 장군들에게 말했다.

"오늘 밤 암호는 계륵이다."

장군들이 모두 의아해했다. 그때 양수가 부하들을 불러 명령했다.

"수도로 돌아갈 채비를 하라. 짐을 꾸리고 퇴각 명령을 기다리라."

하후돈이 깜짝 놀라 물었다.

"무슨 까닭으로 갑자기 퇴군 준비를 하는 것인가?"

"그것은 계륵이라는 암호를 헤아려서입니다. 닭의 갈비는 먹고자 해도 살이 없고 버리고자 해도 아까운 맛이 있습니다. 지금 아군이 처한 상황이 바로 닭의 갈비를 뜯고 있는 모양과 닮았기 때문입니다. 대왕께서 이를 깨닫고 아무런 이득이 없는 싸움을 접을 결심을 하신 듯합니다."

"과연 맞는 말인 듯하오."

하후돈은 양수의 말에 감탄했다. 그러고는 이내 이러한 내용을 장군들에게 알렸다.

그날 밤도 조조는 마음이 복잡해 잠자리에 들지 못했다. 그러다 한밤중에 진영 안을 둘러보다가 깜짝 놀라고 말았다. 조조가 급히 하후돈을 불러 물었다.

"병사들이 어찌 갑자기 철수 준비를 하고 있는 것인가? 대체 누가 짐을 꾸리라고 명령했단 말인가?"

"양수가 위 왕의 마음을 헤아려 명한 것입니다."

"뭐라, 양수가? 양수를 이리 부르라."

곧이어 양수가 와서 조조 앞에 엎드려 말했다.

"대왕께서 오늘 밤 암호를 계륵으로 하셨다는 말을 듣고 대왕의 마음을 헤아려 명을 내렸습니다."

조조는 자신의 속마음을 거울 들여다보듯 훤히 꿰뚫어 보는 양수가 두려워졌다.

"그런 뜻으로 계륵이라 한 것이 아니거늘 어찌 네 마음대로 행동하느냐."

조조는 하후돈을 돌아보며 양수의 목을 치라고 명령했다.

날이 밝자 다시 촉의 군대가 공격해 왔다. 조조는 촉의 위연과 맞서 싸웠다. 그때 마초가 성안에 불을 질렀다. 성 밖에서 싸우던 위의 군대는 방향을 잃고 허둥지둥했다.

"등을 보이고 도망치는 자는 누구라도 그 자리에서 죽임을 당할 것이다."

조조의 말이 끝나기가 무섭게 위연이 조조를 향해 달려들었다. 조조는 자신이 내뱉은 말이 있어 물러서지 못하고 힘겹게 싸웠다.

조조의 부하들이 달려와 위연의 칼을 막으며 외쳤다.

"대왕, 어서 뒤로 피하십시오."

조조의 부하들은 있는 힘을 다해 위연을 막았다. 그런데 바로 그 순간 조조가 비명을 내지르더니 말에서 떨어졌다. 멀리서 날아온 화살에 맞아 앞니 두 개가 부러진 것이다. 조조의 얼굴과 두 손은 붉은 피로 범벅이 되었다.

"상처가 그리 크지 않으니 정신을 차리십시오."

조조의 부하들은 조조를 말에 태우고 도망쳤다.

그날 위의 군대는 완전히 패하고 말았다. 조조는 양수의 말을 듣지 않은 것을 후회했다. 이윽고 철군하는 수레에 몸을 실은 조조가 잠꼬대처럼 되뇌었다.

"양수의 시신을 버리고 왔구나. 제사를 지내고 묻어 줘야 하는데……."

조조는 촉의 군대를 간신히 피해 허창까지 도망쳐 왔다.

칠군을 물리친 관우

위의 군대가 물러간 뒤에 유비는 한중 지방을 장악했다. 유비는 백성과 군대를 안정시키고 정치, 군사, 경제 세 분야에 걸쳐 제도를 바꿔 나갔다. 이제 촉은 오와 위에 비해서도 뒤지지 않는 강대국으로 떠올랐다.

하루는 제갈량이 유비에게 말했다.

"주군의 위엄과 덕이 이르지 않는 곳이 없습니다. 이는 하늘의 도리와 뜻이 없으면 이룰 수 없는 일입니다. 부디 지금의 때를 피하지 마시고 하늘의 뜻에 따라 왕위에 오르셔야 합니다."

제갈량의 말에 유비가 고개를 내저었다.

"안 될 말이오. 허창에 황제가 계시는데 어찌 내가 조조와 같이 분에 넘치는 짓을 할 수 있겠소."

"당장 제위*에 오르시라는 게 아니라 한중의 왕에 오르시라는 겁니다. 하늘이 허락하고 땅이 권하는 때입니다. 그 기운을 타고 왕

위에 올라 모든 장병들과 기쁨을 함께 나누는 게 나라를 강하게 하는 대책일 것입니다."

제갈량이 간절히 권했지만 유비는 받아들이지 않았다. 그러자 장비와 조운을 비롯해 모든 장군이 틈만 나면 유비에게 왕위에 오르라는 이야기를 건넸다. 마침내 유비가 그들의 말을 받아들이고는 아들 유선을 세자로 삼았다.

유비는 왕위에 오르자마자 황제에게 표문*을 올렸다. 그 사실을 알게 된 위 왕 조조는 길길이 날뛰며 분을 삭이지 못했다.

"뭐라! 지난날 멍석이나 짜던 놈이 어찌 한중 왕의 이름을 더럽히는가. 참으로 가증스럽고 불손한 놈이구나. 유비 네 이놈, 이 조조의 백만 대군을 기다리고 있으라."

사마의가 조조를 말리며 말했다.

"대왕, 안 됩니다. 일단 화를 가라앉히시고 촉 내부가 혼란스러워질 때까지 기다렸다 군대를 몰고 가십시오."

"흠, 그것도 좋을 듯하구나. 그렇다고 촉이 망하기를 두 손 모아 기도만 할 수는 없다. 그대에게 무슨 계책이라도 있는가?"

"지난날 오의 손권은 누이동생을 유비에게 시집보냈다가 거두어들인 일이 있습니다. 그 뒤로 손권의 마음에는 유비에 대한 원한이 가득할 것입니다. 지금 위 왕의 명으로 오에 사자를 보내 오가 형주를 공격한다면 위가 오를 돕는 한편 촉을 칠 것이라고 하십시오. 손

제위 황제의 자리. | **표문** 생각을 적어서 임금에게 보내는 글.

권은 반드시 군대를 움직일 것입니다."

조조는 사마의의 의견을 받아들여 곧바로 오에 사자를 보냈다.

"위와 오는 본래 아무런 원한도 없는데 요 몇 년간 제갈량의 간사한 꾀에 휘둘려 싸움을 했습니다. 그런데 결과적으로 이득을 본 것은 누구입니까? 오도 아니요 위도 아닌 촉의 유비가 아닙니까. 위왕께서는 잘못을 깨닫고 오와 손을 잡고 함께 유비를 치고 싶어 하십니다."

손권은 조조의 뜻을 따르기로 하고 위의 사자를 돌려보냈다. 그러고는 부하들을 불러 의견을 물었다.

"위의 속내는 천하를 하나로 통일하는 것이니 이는 거짓임이 분명합니다. 그렇다고 해서 조조의 제안을 거절하면 위는 분명 오를 압박할 것이며, 이는 촉에게 유리하게 작용할 것입니다."

제갈근이 계책 하나를 제안했다.

"형주의 관우에게 사자를 보내 지금의 상황을 말하고 협력하게 만드는 것입니다. 만약 관우가 협력하면 위와 싸우고 관우가 거절하면 위와 손을 잡을 수밖에 없습니다."

"관우는 유비에 대한 충성심이 높아서 쉽게 받아들일 리가 없소이다."

"그렇습니다. 그러니 계책을 써야지요. 관우에게는 딸이 있습니다. 공자의 아내로 관우의 딸을 맞고 싶다고 하면 우리의 뜻을 받아들일 것입니다."

"좋은 생각이오."

다음 날 제갈근은 형주로 가서 관우를 만났다.

"무슨 일로 오셨습니까?"

관우는 무뚝뚝하게 제갈근을 대했다.

"장군의 따님이 어느덧 결혼할 나이가 된 걸로 알고 있습니다. 저희 주공께는 후세를 이을 아드님이 계십니다. 장군의 따님을 시집보낼 마음이 있으신지요?"

관우는 그 말을 듣고 얼굴을 찡그렸다.

"그런 마음은 없소이다."

제갈근이 까닭을 묻자 관우는 버럭 화를 냈다.

"어찌 개의 자식에게 호랑이의 여식을 시집보내겠는가."

제갈근은 목을 움츠렸다. 더 입을 열면 관우의 칼이 날아올 듯한 살기를 느꼈기 때문이다.

관우를 설득하러 간 제갈근의 임무는 실패하고 말았다. 제갈근은 오로 돌아와 손권에게 상황을 설명했다.

"나를 무시하다니! 가만히 있을 수 없다."

손권은 조조와 힘을 합하기로 조약을 맺었다.

그즈음 제갈량에게 위의 조인이 형주를 공격한다는 소식이 전해졌다. 제갈량은 관우에게 급히 명을 내렸다.

"형주의 운명은 지금 장군의 어깨에 달려 있으니 형주의 군대를 일으켜 적을 공격하십시오."

관우는 부하들에게 상황을 알리고 공격 명령을 내렸다.

그날 밤, 관우의 부하들은 성에 화톳불*을 피우고 출정 준비를 하며 밤이 새기를 기다렸다. 관우도 무장을 하고 잠시 눈을 붙였다. 그런데 어딘가에서 온몸이 새카맣고 커다란 멧돼지가 갑자기 달려오더니 관우의 다리를 물었다. 관우는 깜짝 놀라 멧돼지를 베었고 놀라 소리치며 눈을 떴다. 꿈을 꾼 것이었다.

관우의 비명을 듣고 양자인 관평이 달려왔다. 관우가 꿈 이야기를 하자 관평이 말했다.

"멧돼지가 나오는 꿈은 반드시 길몽*일 것입니다."

"사람이 쉰에 이르면 길몽과 흉몽*을 가릴 필요가 없다. 그저 절개를 지키며 떳떳하게 죽을 자리를 찾는 고민만 있을 뿐이다."

관우가 관평을 향해 웃어 보였다.

날이 밝자 양군은 북소리에 맞춰 천천히 진군하더니 이내 서로 뒤엉켜 치열하게 싸움을 벌였다. 얼마 뒤 관우가 적토마를 타고 나타났다.

"아, 관우다!"

조인은 간담이 서늘해져 번성으로 도망쳤다. 그 모습을 본 관우가 외쳤다.

"위 왕의 아우야, 그리 급히 도망치다 말에서 떨어지지나 말라. 내 오늘은 너를 쫓지 않을 터이니 천천히 도망치거라."

관우가 청룡도를 흔들며 크게 웃었다.

화톳불 한데다가 장작 따위를 모으고 질러 놓은 불. | **길몽** 좋은 징조의 꿈. | **흉몽** 불길한 꿈.

한편 조조는 관우와 맞설 다음 상대로 칠군을 내보냈다. 칠군이란 조조의 친위군인 일곱 부대로 그 부대의 대장은 장병 수백만 명 중에서 가려 뽑은 호걸들이었다.

관우가 말을 타고 달려 나가려 하자 관평이 말의 고삐를 붙잡으며 말했다.

"아버지가 나가서 싸우시는 것은 칼로 파리를 쫓는 것과 같습니다. 쥐새끼를 잡는 데는 저로 충분하니 제게 맡겨 주십시오."

"흐음, 그럼 네가 먼저 맞서 보겠느냐?"

젊은 관평은 곧바로 말을 타고 달려 나갔다.

"나는 관우 장군의 양자 관평이다."

"아하하하. 우리는 위 왕의 명을 받고 네 아비의 목을 가지러 온 것이다. 너 같은 꼬마의 목을 가지러 온 것이 아니다. 내 너를 죽이지 않고 돌려보낼 터이니 네 아비에게 가서 비겁하게 숨지 말고 나오라 일러라."

"네 이놈, 잘도 지껄이는구나."

관평은 힘껏 싸웠지만 쉽게 승패가 나지 않자 물러나고 말았다.

다음 날 관우가 관평에게 말했다.

"오늘은 내가 나가 싸울 테니 너는 구경하고 있어라."

관우는 적토마를 타고 양군의 한가운데로 나아갔다. 관우의 수염이 바람에 휘날렸다.

"너희 같은 쥐새끼를 없애기 위해 내 청룡도를 더럽히게 된 것이 한탄스러울 따름이다."

관우는 청룡도를 휘두르며 달려들었다.

이번에도 쉽게 승부가 나지 않았다. 촉과 위의 진영에서는 퇴각을 알리는 북소리를 울렸다. 관우가 진영으로 돌아오자 관평이 눈물을 흘리며 말했다.

"아버지가 부상이라도 당하시면 한중 왕께서 얼마나 슬퍼하고 걱정하시겠습니까. 다시는 나가지 마십시오."

이튿날 위의 장군들이 다시 말을 타고 나와 관우를 불렀다. 관우는 망설이지 않고 고함을 치며 달려들었다. 그러자 위의 장군들이 갑자기 말을 돌려 도망치기 시작했다. 관우는 그것이 계략임을 알면서도 뒤쫓았다. 그 모습을 본 관평이 진영에서 급히 말을 달려 나왔다.

"아버지, 함정에 걸려들지 마십시오."

관평이 뒤쪽에서 소리쳤다. 바로 그때 위의 장수들이 쏜 화살이 관우의 얼굴을 향해 날아왔다. 관우는 왼쪽 팔을 들어 화살을 막았다.

"아버지!"

관평은 관우를 부축해 진영으로 돌아왔다. 화살을 맞은 관우는 다음에는 꼭 이 빚을 갚겠다고 다짐했다.

그 뒤로 위의 장군들은 날마다 싸움을 걸어왔다. 어떻게든 관우를 끌어내려고 병사들을 시켜 욕설과 험담을 해 댔다.

날이 지나면서 관우의 상처도 아물어 갔다. 어느 날 관우가 부하들에게 말했다.

"이제는 걱정 없다. 교만해진 위의 군대에 우리의 실력을 보여 줘야겠다."

그때 위의 군대가 갑자기 포진을 바꿨다는 연락이 왔다. 관우는 높은 곳에 올라 칠군의 포진을 살폈다. 칠군의 대장들은 일곱 갈래로 나눠 진을 치고 있었다. 관우는 그 지역의 지리를 잘 아는 사람을 불렀다.

"적의 칠군이 옮겨 간 저곳이 어디인가?"

"증구천이라고 합니다."

"그럼 근처에 어떤 강이 있는가?"

"백하와 양강으로 모두 비가 오면 계곡에서 흘러 들어오는 물이 합류하여 수위가 한층 높아집니다."

"계곡은 협소하고 뒤로는 험준한 봉우리구나. 도망갈 곳은 없는가?"

"저 산의 건너편은 사람과 말이 쉽사리 넘을 수 있는 곳이 아닙니다."

관우는 그 사람을 보낸 뒤 부하들에게 명을 내렸다.

"병서에 '증구에 들어가는 자 살아서 나오지 못한다.'라는 말이 있다. 두고 보아라. 곧 칠군의 진영이 아수라장으로 변할 것이다."

그 뒤로 관우는 병사들에게 나무를 베어 수많은 뗏목을 만들게 했다.

"육지에서 싸우는데 어찌하여 이렇게 많은 배와 뗏목을 만드는 것일까."

병사들 모두 관우의 명령을 의아해했다.

이윽고 팔월이 되자 밤낮으로 계속 큰비가 내렸다. 양강의 강물은 하룻밤이 지날 때마다 놀랄 만큼 수위가 높아졌다. 백하의 탁류도 흘러넘쳐 다른 하천과 하나가 되었다. 그러다 결국은 사방의 육지를 삼키고 눈길이 닿는 곳은 모두 누런 강이 되어 버렸다.

관우는 높은 곳에 올라 칠군의 진영을 살폈다. 강가와 가까운 진영도 계곡 쪽에 있던 진영도 점차 늘어나는 강물에 쫓기더니 날마다 조금씩 높은 지대로 옮겨 갔다. 마침내 적의 진영이 더 높은 곳으로 옮길 수 없을 만큼 강물이 불어났다.

"관평, 때가 왔다. 미리 말해 두었던 상류에 있는 하천 제방을 무너뜨려라."

관우의 명에 관평이 달려 나갔다.

양강을 거슬러 오르면 상류에 하천이 또 하나 있었다. 관우는 한 달 전부터 그곳에 병사 수백 명과 인부 수천 명을 보내 높은 제방을 쌓아 강물과 빗물을 저장해 놓고 있었던 것이다.

한편 위의 장군들은 비가 내리는 것을 두고 서로 의견이 갈렸다.

"이 큰비는 언제 그칠지 모릅니다. 만약 양강의 강물이 더 늘어난다면 아군의 진영은 물에 잠기고 맙니다. 어서 빨리 이곳 증구천을 떠나 다른 곳에 진영을 차리십시오."

"아무리 비가 많이 와도 양강의 강물이 이 산을 집어삼킨 적은 없었소. 공연히 쓸데없는 말을 하여 소란을 피워서는 곤란하오."

그 순간 심상치 않은 비바람이 휘몰아치더니 강물 소리인지 북소리인지 구분이 안 되는 소리가 한순간 천지를 뒤흔들었다.

"홍수다!"

어느 틈엔가 사람과 말이 물에 휩쓸려 떠돌았다. 계속해서 밀려 온 물이 그들을 하늘 높이 들어 올렸다. 그때 관우와 촉의 병사들이 뗏목을 타고 와 그 모습을 구경했다. 관우는 뗏목 위에서 명을 내렸다.

"뗏목에 매달리는 적병은 항복하는 것으로 여기고 건져 주어라. 홍수에 휩쓸려 떠내려가는 자는 어차피 죽은 목숨이니 쓸데없이 활을 쏘지 말라."

증구천에 있던 위의 장병들은 물에 빠져 절반쯤 떠내려갔다. 위의 진영 또한 하룻밤 사이에 흔적도 없이 사라졌다. 관우는 칠군의 절반 이상을 물고기 밥으로 만들어 버린 것이다.

그 뒤로 비는 그쳤지만 홍수로 불어난 물은 좀처럼 줄어들지 않았다. 그곳의 대홍수는 번성까지 흘러 들어가 담장을 무너뜨렸다. 관우의 군대가 높은 곳으로 퇴각해야 할 정도에 이르렀다. 그러자 부하들이 조인에게 말했다.

"이제는 굶어 죽을지 성을 버릴지 두 길밖에 없습니다. 차라리 이 틈에 성을 버리고 밤에 몰래 배를 타고 어디든지 가서 잠시 몸을 숨기는 것이 현명한 듯합니다."

조인이 탈출을 준비하는 것을 보고 만총이 나서서 말렸다.

"이번 홍수는 큰비로 산의 물이 흘러넘친 것입니다. 갑자기 빠지지는 않는다 해도 보름만 기다리면 반드시 원래대로 돌아올 것입니

다. 정보에 의하면 허창 지방도 수해를 당해 백성들이 난동을 부리는 등 험악한 상태라고 합니다. 장군은 위 왕의 아우이시니 장군의 행동은 위에 커다란 영향을 끼칠 것입니다. 그러니 부디 지금은 성을 끝까지 지키시기 바랍니다. 성을 버리는 것은 관우가 원하는 것입니다. 그리 된다면 무슨 얼굴로 위 왕을 뵐 수 있겠습니까."

만총의 말은 조인의 눈을 뜨게 하기에 충분했다.

"그대의 가르침이 없었다면 큰 실수를 할 뻔했소."

조인은 곧바로 부하들을 불러 말했다.

"내가 한때 잘못된 판단을 하고 말았소. 나라의 은혜를 입고 성을 지키는 임무를 맡은 책임자로서 성을 버리고 도망치려 한 것은 진심으로 부끄러운 짓이오. 앞으로 성을 버리고 목숨을 지키려는 자가 있다면 이렇게 처벌할 것이니 명심하길 바라오."

조인은 검을 뽑아 자신이 타던 백마를 두 동강 내고 물속으로 내던졌다. 그 모습에 얼굴이 하얗게 변한 부하들이 한목소리로 다짐했다.

"반드시 성과 운명을 함께하며 목숨이 붙어 있는 한 싸워 지키겠습니다."

그 뒤로 물이 조금씩 빠지기 시작했다. 성의 병사들은 생기를 되찾고 성벽과 담장을 수리했다. 보름이 지나자 홍수는 완전히 사라져 버렸다.

5권에서 계속

신기묘산 | 神 機 妙 算
귀신 신　틀 기　묘할 묘　셈 산

귀신마저 놀랄 정도로 신기하고도 뛰어난 계략.

제갈량은 짙은 안개를 이용해 조조의 군대로부터 100만 개가 넘는 화살을 얻어 냅니다. 날씨의 변화마저 꿰뚫는 제갈량을 보고 주유는 "귀신마저 놀라게 할 정도로 신기하고도 뛰어난 계략이구나!" 하며 크게 놀랍니다.

식자우환 | 識 字 憂 患
알 식　글자 자　근심 우　근심 환

학식이 있는 것이 오히려 근심을 사게 한다.

서서는 위나라로 급히 오라는 어머니의 편지를 받고 유비 곁을 떠나 위나라와 조조의 신하가 됩니다. 하지만 그 편지는 조조가 만든 가짜 편지였어요. 평소 서서가 유비의 신하라는 것을 자랑스러워하던 어머니는 이 사실을 알고 크게 놀랍니다. 서서의 어머니는 자신이 글자를 알아서 이런 걱정을 낳게 만들었다며 슬퍼합니다.

고육지책 | 苦 肉 之 策
쓸 고　고기 육　어조사 지　꾀 책

자기 몸을 상해 가면서까지 꾸며 내는 계책.

황개는 조조를 속이려고 일부러 주유와 크게 싸우고 그에게 심하게 맞습니다. 조조는 황개가 혼난 일을 첩자에게 들어 이미 알고 있던 터라 황개가 자신에게 항복한다고 했을 때 의심하지 않았습니다. 항복하기로 한 날, 황개는 기름이 가득 든 배를 끌고 조조의 배로 다가갔습니다. 자신에게 항복하러 온다고 생각한 조조는 황개의 배를 막지 않았습니다. 조조의 배에 다가간 황개는 자신이 가져온 배에 불을 붙여 사슬로 묶여 있는 조조의 배에 부딪히게 합니다. 조조의 배를 불태우는 데 성공한 것이지요. 오나라가 적벽대전에서 이긴 데에는 자신의 몸을 다치면서까지 주유의 계략을 성공시킨 황개 장군의 공이 컸습니다.

금낭삼계 錦囊三計

비단 금 주머니 낭 석 삼 헤아릴 계

비단 주머니 안에 들어 있는 3가지 계략.

주유는 유비를 죽일 속셈으로 유비에게 손권의 여동생과 혼례를 올리게 해 주겠다며 유비를 오나라로 부릅니다. 이를 빤히 알고 있는 제갈량은 조운을 유비와 함께 보내면서 그에게 비단 주머니를 줍니다. 그 안에는 3가지 계략이 담겨 있었습니다. 조운은 위험할 때마다 비단 주머니에 든 계략으로 위험을 피하고 유비와 유비의 아내가 된 손권의 여동생을 데리고 무사히 돌아옵니다.

부중치원 負重致遠

짐질 부 무거울 중 이를 치 멀 원

무거운 짐을 지고도 먼 곳까지 갈 수 있다.

방통이 주유의 죽음을 슬퍼하며 오나라로 잠시 돌아왔을 때의 일입니다. 방통은 자신을 보러 온 많은 선비 가운데 고소라는 선비를 보며 "고소는 힘든 일을 이겨 내며 열심히 일하는 소처럼 무거운 짐을 지고도 멀리까지 갈 수 있다."라고 말합니다. 어렵고 중요한 임무를 맡을 재능이 있음을 말합니다.

곤룡입해 困龍入海

괴로울 곤 용 룡 들 입 바다 해

갇혀 있던 용이 바다에 들어가다.

조조는 유비가 형주를 차지했다는 소식을 듣고 놀랍니다. 주위에 있는 신하들이 왜 그러느냐고 묻자 조조는 "유비는 용에 비유할 만큼 뛰어난 인물이지만 지금까지 물을 만나지 못해 떠돌아다녔다. 이번에 형주를 차지한 것은 용이 바다에 들어간 것과 같으니 내가 어찌 놀라지 않겠는가."라고 말합니다. 이 고사는 영웅이 때를 만났음을 나타냅니다.

단두장군 | 斷 頭 將 軍
끊을 단 머리 두 장수 장 군사 군

머리가 달아난 장군.

장비는 파군성을 지키는 장수 엄안에게 항복하라고 소리칩니다. 하지만 엄안은 "이곳에는 적에게 죽어 머리가 달아난 장군은 있어도 항복하는 장군은 없다."라고 답합니다. 이 말은 죽어도 항복을 하지 않는, 죽음을 두려워하지 않는 장군을 뜻합니다.

대기만성 | 大 器 晚 成
클 대 그릇 기 늦을 만 이룰 성

큰 그릇을 만드는 데는 시간이 오래 걸린다.

조조의 신하인 최임은 어려서부터 재주가 뛰어나지 않고 초라해서 많은 사람에게 놀림을 받습니다. 하지만 최임은 좌절하지 않고 열심히 노력하여 재상의 지위에 오릅니다. 크게 될 사람은 늦게 이루어진다는 고사입니다.

계륵 | 鷄 肋
닭 계 갈빗대 륵

닭의 갈비.

조조와 유비가 한중을 놓고 싸울 때의 이야기입니다.
싸움이 오래 지속되자 조조는 한중을 포기하고 돌아갈
것인지 계속 싸울 것인지 고민합니다. 조조에게는 이미 넓
은 땅이 있으니 한중을 잃는다고 달라질 것이 없지만, 버리
기에는 아까웠지요. 조조는 그날 저녁 음식으로 나온 닭갈비를
보고 그날 밤 군대의 암호를 계륵^{鷄肋}이라고 정합니다. 닭의 갈비처럼 먹을 것은 별로 없지만
그렇다고 버리기에는 아까운 것을 나타냅니다. 그다지 큰 소용은 없으나 버리기에는 아까운
것을 이르는 말입니다.

연환계 | 連環計

이을 연 고리 환 셀 계

고리를 잇는 계략.

방통은 조조를 속여 위나라의 배를 서로 사슬로 묶었
습니다. 주유가 조조의 배를 불로 공격했을 때 조조가
큰 피해를 입도록 도운 것이지요. 간첩을 적에게 보내어
계략을 꾸미게 하고, 그사이에 자신은 승리를 얻는 계
략을 뜻합니다.

반골 | 反骨

거꾸로 반 뼈 골

뼈가 거꾸로 되어 있다.

장사 땅의 장수였던 위연은 자신의 주인을 베고 그 땅을 유비에게 바칩니다. 제갈량은 위연
을 보고 "위연의 뒤통수에 반골反骨이 있습니다. 위연은 틀림없이 우리를 배신할 것입니다."
라고 주장합니다. 예전에는 배신하는 사람을 뜻하는 말로 쓰였지만, 요즘에는 권력이나 권
위에 따르지 않고 저항하는 성질이 있는 사람을 일컫는 말입니다.

강유상제 | 剛柔相濟

굳셀 강 부드러울 유 서로 상 건널 제

강함과 부드러움의 조화.

유비와 조조가 한중을 차지하려고 싸울 때의 이야기입니
다. 조조가 한중을 지키는 하후연에게 '장수는 강하고 동
시에 부드러워야 한다. 자신의 강함만 믿어서는 결코 안 된
다.'라고 쓴 편지에서 유래한 고사입니다.

조조삼소 | 曹操三笑
성조 잡을조 석삼 웃을소

조조가 세 번 웃는다.

조조는 적벽대전에서 크게 지고 적군을 피해 달아나면서도 주유와 제갈량이 자신보다 지력이 부족하다고 비웃습니다. 하지만 그때마다 조운, 장비, 관우가 나타나 조조를 위협합니다. 조조처럼 자신의 분수를 모르고 자만하여 다른 사람을 비웃거나, 닥쳐올 재앙을 모르고 교만하게 구는 상황을 나타내는 말입니다.

백미 | 白眉
흰백 눈썹미

흰 눈썹.

유비의 신하인 마량에게는 다섯 형제가 있었는데 모두 재주가 있었습니다. 그중에서도 눈썹 속에 흰 털이 난 마량이 가장 뛰어났지요. 여럿 가운데에서 가장 뛰어난 사람이나 훌륭한 물건을 비유적으로 이르는 말입니다.

수불석권 | 手不釋卷
손수 아닐불 놓을석 책권

손에서 책을 놓지 아니하고 늘 글을 읽는다.

오나라 손권에게는 여몽이라는 신하가 있었습니다. 여몽은 무술 실력은 좋았지만, 학문이 많이 부족했습니다. 손권은 여몽에게 "후한의 황제인 광무제도 나라를 살피는 바쁜 와중에서도 책을 놓지 않았다."라고 말하면서 공부하라고 충고합니다. 이 고사성어는 손에서 책을 놓지 않을 정도로 열심히 공부한다는 의미입니다.

미인계 美人計
아름다울 미 사람 인 셀 계

미인을 이용하여 사람을 꾀는 계략.

왕윤은 동탁이 나라를 쥐락펴락하는 모습을 보고, 나라
와 백성을 위해 초선을 이용해 동탁과 여포 사이를 갈라
놓습니다. 이때 왕윤과 초선이 동탁과 여포에게 사용한
계략이 미인계입니다. 동탁과 여포가 모두 초선의 미모에 마
음이 빼앗겨 서로 의심하고 싸우게 만든 것입니다.

구한생병 久閑生病
오랠 구 한가할 한 날 생 병 병

오랫동안 할 일이 없으면 병이 난다.

조조군과 원소군이 맞붙어 싸울 때의 이야기입
니다. 조조 아래에 있던 관우는 원소의 장수인
안량과 문추를 죽이는 등 큰 공을 세우고 조조
를 따라 허창으로 돌아옵니다. 그러다 다시 황
건적 무리가 일어났다는 소식을 듣고 관우는
조조에게 "오랫동안 할 일이 없으면 틀림없이
병이 생깁니다."라고 말합니다. 조조는 관우의
말을 듣고 5만 병사를 내주었습니다.

처음 읽는 삼국지

❹ 적벽대전 : 천하를 삼분시킨 동남풍

초판 3쇄 발행   2020년 5월 30일

원 작	나관중
엮 음	홍종의
그 림	김상진
펴 낸 이	한승수
펴 낸 곳	문예춘추사

편 집	정내현
디 자 인	김연수
마 케 팅	신기탁

등록번호	제2012-000344호
등록일자	2009년 6월 24일

주 소	서울시 마포구 동교로27길 53 지남빌딩 309호
전 화	02 338 0084
팩 스	02 338 0087
E-mail	moonchusa@naver.com

I S B N	978-89-94757-47-6 (64820)
	978-89-94757-43-8 (세트)

어린이제품안전특별법에 의한 제품 표시

제조자명 하늘을나는교실(문예춘추사) | **제조년월** 2018년 1월 | **제조국** 대한민국 | **사용 연령** 6세 이상 어린이
제품 주소 및 연락처 서울시 마포구 동교로27길 53 지남빌딩 309호 (02) 338-0084

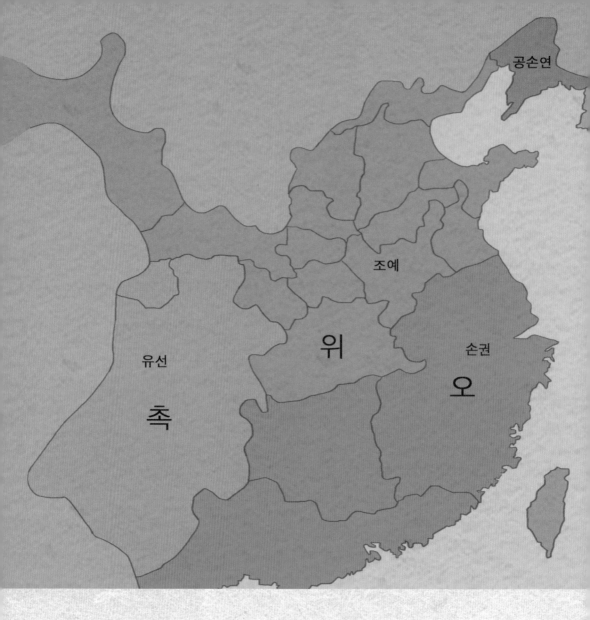

공손연

조예

유선

위

손권

오

족

🌀 3세기 초 삼국 정립 시기의 세력도

북벌은 결코 간단한 일이 아니었다. 싸움에서 이
겨도 군량이 떨어지기도 하고, 도읍에서 이변이 일
어나기도 하고, 일진일퇴의 공방전이 펼쳐져 성과
는 거의 없었다. 그사이에 손권이 제위에 올라 스
스로 황제라 칭하여 중국 대륙에 드디어 세 개의
나라가 탄생하게 된다.

제갈량은 북벌을 거듭하나 오히려 부하에게조차
신뢰를 얻지 못하는 상태에 빠지고 일곱 번째 북

벌 때 병을 얻어 오장원에서 목숨을 잃는다.
이를 기회로 삼아 제갈량 밑에 있던 위연이 모반
을 일으키나 제갈량의 밀명을 받은 마대에게 살해
당한다. 제갈량이 죽었다는 소식이 위에 전해지자
황제 조예는 크게 기뻐했으며, 모든 재산을 탕진하
고 만년에는 폭군이 되어 버린다.

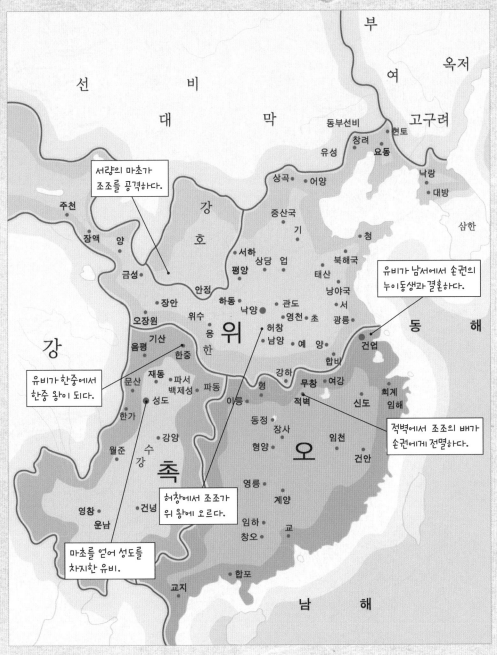

서량의 마초가
조조를 공격하다.

유비가 남서에서 손권의
누이동생과 결혼하다.

유비가 한중에서
한중 왕이 되다.

적벽에서 조조의 배가
손권에게 전멸하다.

허창에서 조조가
위 왕에 오르다.

마초를 얻어 성도를
차지한 유비.

선
비
대
막
강
호
부
여
옥저
고구려

동부선비
현토
창려
유성
요동
낙랑
대방
상곡
어양
삼한
강
호
중산국
기
청
서하
상당
업
북해국
평양
태산
낭야국
안정
하동
낙양
관도
영천
초
서
광릉
장안
위수
허창
남양
예
양
건업
오장원
기산
한중
한
동
해
읍평
강
문산
재동
파서
백제성
파동
형
강하
무창
여강
한가
성도
이릉
적벽
신도
회계
임해
월준
강양
수
강
동정
장사
임천
건안
촉
형양
오
영릉
계양
건녕
임하
교
영창
운남
창오
합포
교지
남
해